Désirs grecs

MELANIE MILBURNE

Désirs grecs

Traduction française de
FRÉDÉRIQUE LALLEMENT

AZUR

HARLEQUIN

Collection : Azur

Titre original :
CINDERELLA'S INVITATION TO GREECE

HARPERCOLLINS FRANCE
83-85, boulevard Vincent-Auriol, 75646 PARIS CEDEX 13
Service Lectrices — Tél. : 01 45 82 47 47 - www.harlequin.fr
ISBN 978-2-2804-9350-5 — ISSN 0993-4448

Composé et édité par HarperCollins France.
Imprimé en août 2023 par CPI Black Print (Barcelone)
en utilisant 100% d'électricité renouvelable.
Dépôt légal : septembre 2023.

FSC
www.fsc.org
MIXTE
Papier issu de sources responsables
FSC® C159065

Pour limiter l'empreinte environnementale de ses livres, HarperCollins France s'engage à n'utiliser que du papier fabriqué à partir de bois provenant de forêts gérées durablement et de manière responsable.

1

Sa voiture à peine engagée dans la longue allée de Rothwell Park, Ruby Pennington sentit une grande agitation la gagner. Rentrer « chez elle » au domaine des Yorkshire Moors était toujours source d'émotion, mais plus encore lorsque Lucas Rothwell s'y trouvait. Même si retrouver sa grand-mère la réjouissait, c'était lui qu'elle avait besoin de voir.

D'épais nuages obscurcissaient le ciel. Au loin les landes disparaissaient sous un gris rideau de pluie, et le vent hurlait comme pour annoncer une catastrophe imminente.

Un temps à donner des frissons. Les siens n'avaient cependant aucun rapport avec les éléments déchaînés. Il lui était tout simplement impossible de ne pas être nerveuse à l'idée de se retrouver en présence de Lucas Rothwell. Des années s'étaient écoulées depuis la dernière fois où ils s'étaient vus. D'ordinaire, elle revenait lorsqu'elle le savait ailleurs.

Cette fois, c'était différent. Elle avait programmé son voyage pour le rencontrer.

Après s'être garée devant les anciennes écuries, Ruby tenta de se remémorer son discours d'introduction. Hélas, les mots si soigneusement préparés se brouillaient dans son esprit. Elle prit donc quelques profondes inspirations, puis descendit de voiture.

Dès qu'elle eut mis pied à terre, le vent lui fouetta le visage. Une chance que le temps capricieux de cette région d'Angleterre soit exactement ce que sa riche et célèbre cliente américaine voulait pour son mariage. Ce serait l'événement le plus médiatisé que Ruby ait organisé, et ses amies Harper et Aerin comptaient sur elle pour obtenir l'autorisation d'utiliser la propriété. Leur agence, Happy Ever After Weddings, progressait bien, mais ce mariage lui donnerait une visibilité qu'elles n'auraient osé espérer lorsqu'elles avaient tracé les grandes lignes de leur plan d'affaire sur une serviette en papier dans leur café préféré.

Ruby parcourut les quelques mètres qui la séparaient du bâtiment. Cet imposant édifice pluricentenaire était le cadre idéal pour un mariage de conte de fées. Le château de style gothique avec ses multiples tours et ses ailes aménagées offrait assez de place pour loger les nombreux invités, et son immense cuisine pouvait accueillir le personnel nécessaire pour les nourrir.

En plus de propulser leur agence à un niveau supérieur, décrocher ce contrat lui permettrait de prouver que, malgré ses débuts difficiles dans l'existence elle avait réussi. Elle n'était plus la fille non désirée d'une toxicomane, vouée à l'échec comme sa mère. Elle se donnait à fond dans ce qu'elle entreprenait et ne décevrait pas ses amies.

Comme elle ouvrait la porte de la cuisine, sa grand-mère sursauta.

— Que fais-tu ici, ma petite ?

Ce n'était pas l'accueil auquel Ruby s'attendait. Même

si Beatrice Pennington n'était pas de nature expansive, elle aurait pu se montrer plus chaleureuse. Surtout quand elle ne l'avait pas vue depuis des mois !

— C'est un long week-end, mamie, et je t'ai avertie de ma venue il y a des semaines.

— Peut-être, mais le moment est mal choisi. Le maître est là. Il ne veut pas de visites.

Ruby se retint de lever les yeux au ciel en entendant cette expression désuète. Sa grand-mère regardait trop de films historiques. Quant au fait que Lucas soit de retour au château après des mois passés entre l'Italie et la Grèce, c'était la raison majeure de sa venue.

— Pourquoi donc ? Il a invité une de ses petites amies mannequin ?

Ruby avait déjà vu Lucas en compagnie d'éblouissantes partenaires. Pendant toute son adolescence, elle avait prétendu être indifférente à sa beauté et à la manière dont il regardait ses sublimes compagnes. Il ne la regardait jamais ainsi… Mais qu'espérer d'autre quand elle n'était à ses yeux que la petite orpheline venue vivre à dix ans avec son aïeule – gouvernante au château –, donc quasi invisible…

Sa grand-mère pinça les lèvres.

— Non, il est seul, mais…

— Parfait, l'interrompit-elle, parce que j'ai vraiment besoin de le voir.

Ruby atténua le côté blessant de sa réponse en embrassant sa grand-mère.

— Non pas que je ne sois pas heureuse de te retrouver.

— Allons, mon enfant.

Et Beatrice l'éloigna d'une pichenette. Son geste n'avait rien de méchant. Après avoir eu elle aussi des débuts difficiles dans la vie, sa grand-mère avait du mal à recevoir de l'affection ou à montrer la sienne. Mais, même si en grandissant Ruby aurait aimé recevoir plus de baisers et de câlins, elle ne s'en était pas sentie moins aimée, et elle lui était à jamais reconnaissante de l'avoir recueillie et élevée. Rothwell Park avait été son premier foyer stable. Le château lui avait offert abri et sécurité après la succession de chambres, toutes aussi sordides les unes que les autres, partagées avec sa mère.

— Quoi qu'il en soit, je n'aurais pas dû te dire qu'il venait. Il m'a expressément demandé de tenir tout visiteur à l'écart.

— Je ne suis pas une étrangère.

— Mais tu ne peux pas rester. Il ne le permettra pas.

Sa grand-mère visiblement troublée ne cessait de jeter des coups d'œil vers la porte comme si elle s'attendait à voir le maître de céans arriver d'une minute à l'autre pour la licencier.

— Allons, ma venue n'a rien de dramatique, mamie. Il le permettra. Cette maison a été mon foyer pendant des années, et je dois discuter avec lui d'une importante affaire. Où est-il ?

Sa grand-mère, se tordit les mains, déglutit nerveusement, puis se résigna à répondre :

— Dans la bibliothèque. J'allais lui apporter son thé.

— Je m'en charge.

Inutile de lui expliquer que Lucas pouvait venir chercher lui-même son thé. Sa grand-mère était une gouvernante de la vieille école pour qui maîtres et employés vivaient dans des mondes séparés. Lors de son enfance au château, Claudia et Lionel Rothwell, les parents de Lucas, les avaient parfois invitées à se joindre à eux pour Noël ou d'autres occasions. Beatrice Pennington avait toujours refusé. Il arrivait en revanche à Ruby de se cacher pour observer les soirées animées qu'ils donnaient. Le chatoiement des étoffes, le prestige des invités, l'étalage de richesse et d'extravagance la fascinaient.

Remarquant la grimace fugitive de sa grand-mère en train de préparer le plateau de thé, elle demanda :

— T'es-tu fait mal au bras ? Montre-moi.

— Ce n'est rien.

Ruby lui enleva la théière des mains pour examiner son poignet. À l'intérieur se trouvait la trace d'une récente brûlure dont la couleur rouge sombre et les bords boursoufflés l'inquiétèrent.

— Je crois au contraire que c'est en train de s'infecter. Tu as besoin de soins.

— Arrête, j'ai eu pire au cours de mes années de service.

— Peut-être, mais tu es plus âgée, ça pourrait dégénérer en septicémie. Je t'emmène voir le médecin dès que j'aurai parlé à Lucas.

— C'est inutile. Dépêche-toi plutôt de lui apporter son thé avant qu'il ne refroidisse.

Ruby retint un soupir exaspéré.

— Oh ! ton fameux pain d'épices ! Super, je n'en ai pas mangé depuis une éternité.

Elle ajouta alors une autre tasse et une autre assiette sur le plateau.

— Que fais-tu là ? demanda sa grand-mère stupéfaite.

— Je vais prendre le thé avec Lucas.

— Tu vas me faire renvoyer !

— Tu devrais penser à prendre ta retraite. Ce château est trop lourd pour toi désormais.

— Je la prendrai quand je serai prête. Pas avant.

La sachant entêtée, Ruby n'insista pas, mais se promit d'en parler à Lucas une fois sa discussion d'affaires achevée.

— Repose-toi en m'attendant, je t'aiderai à préparer le dîner après avoir vu Lucas.

Sur ce, elle prit le plateau et quitta la cuisine.

Le fait que la bibliothèque se trouve à l'autre bout du rez-de-chaussée renforça l'inquiétude de Ruby. Sa grand-mère était de plus en plus fragile avec l'âge, et les rigoureux hivers du Yorkshire allaient aggraver son arthrose. Lucas s'attendait-il à ce qu'à plus de soixante-dix ans elle s'occupe de lui sans aide ? D'ailleurs, il était de moins en moins présent à Rothwell Park.

L'entretien du château laissait à désirer, remarqua-t-elle. Des moutons de poussière s'agglutinaient autour des pieds de meubles et des araignées avaient tissé leurs toiles dans tous les coins. Lucas avait trois jardiniers pour le parc, il pouvait embaucher autant de personnes pour le ménage que diable ! Son succès d'architecte paysagiste était tel qu'on lui confiait de grands projets partout en Europe. Il gagnait une fortune.

Arrivée devant la porte de la bibliothèque, Ruby frappa trois petits coups secs dont le bruit résonna dans le couloir.

— Entrez.

La voix grave de Lucas la fit frissonner. Certes, il pouvait être impressionnant, mais elle n'était plus une enfant timide. Désormais, elle était une femme d'affaires venue discuter d'un contrat.

Elle entra, puis se figea, surprise de trouver la pièce, déjà sombre en temps ordinaire en raison de ses boiseries aux étagères remplies de livres anciens reliés, plongée dans une sinistre obscurité. Depuis son arrivée au château, le ciel avait viré au gris presque anthracite et la pluie cinglait les vitres.

Lucas était assis dans un fauteuil à oreilles face aux hautes fenêtres étroites entre deux bibliothèques.

— Qui est là ? demanda-t-il.

Comme elle ne répondait pas, il se leva et se tourna vers la porte. Son pull-over col roulé et son pantalon, tous deux noirs, le faisaient paraître encore plus grand que son mètre quatre-vingt-quinze. Et il portait des lunettes de soleil style aviateur qui marquaient son désir de ne pas être importuné aussi efficacement qu'un panneau « Ne pas déranger ». Il inclina la tête, semblant humer l'air. Avait-il senti son parfum ? Le même qu'elle portait adolescente...

À cette pensée, Ruby se sentit rougir. L'Embarrassant Épisode s'imposa à sa mémoire. Elle avait seize ans, s'était insinuée dans une soirée donnée par les Rothwell et, un verre de champagne aidant, avait fait de maladroites avances à Lucas. Avances aussitôt repoussées par une sévère réprimande dont le souvenir était encore aussi humiliant qu'à l'époque.

Onze ans ayant passé depuis, elle redressa les épaules, bien décidée à ne pas laisser cet incident l'empêcher d'atteindre son but. Il était impératif qu'elle obtienne Rothwell Park pour le mariage de Delphine Rainbird avec son garde du corps, Miguel Morales. La célèbre actrice était prête à payer une fortune pour s'assurer de célébrer son union dans un château sur les landes du Yorkshire.

Enhardie par le contrat en vue, Ruby traversa la pièce pour poser le plateau sur le guéridon à côté du fauteuil.

— Si vous aviez allumé ou si vous ôtiez vos lunettes de soleil, vous me verriez. D'ailleurs, pourquoi les porter par un temps pareil ? Le soleil n'est pas franchement aveuglant aujourd'hui.

Lucas mit deux secondes avant de répondre.

— J'ai un fort mal de tête.

— Je suis désolée. Je vais essayer de faire le moins de bruit possible.

Malgré sa délicatesse le son du thé qui coulait dans les tasses résonna dans le silence.

Toujours debout, sourcils froncés et bouche serrée, il demanda :

— Que faites-vous ?

Son irritation non dissimulée ne déstabilisa pas Ruby.

— Je prends le thé avec vous. Vous ne pourrez jamais manger ce pain d'épices tout seul.

— Eh bien, emportez-le et fermez la porte en partant.

Cela dit, il se planta devant la fenêtre, mains dans les poches et dos droit.

Ruby soupira.

— Je sais combien les maux de tête peuvent être douloureux, mais je suis venue exprès de Londres vous parler d'une affaire importante.

— Ce n'est pas le bon moment.

— Lequel vous conviendrait ?

Un long silence suivit sa question, meublé par le craquement des huisseries sous l'effet du vent sur les fenêtres. Ruby observa ses larges épaules, ses hanches étroites et ses cuisses musclées sous son jean moulant. Il était toujours aussi beau. Hélas, il ne sortait qu'avec des femmes hors du commun, pas des filles quelconques comme elle, avec de surcroît des taches de rousseur.

Lucas sortit une main de sa poche, puis la passa dans ses cheveux. Enfin, il demanda :

— C'est au sujet de votre grand-mère ?

— Oui, en partie.

Bien, il s'était adouci. Les problèmes de Beatrice feraient une parfaite entrée en matière.

Il se tourna alors, tendit un bras vers le dos du fauteuil, puis s'assit lentement, comme avec prudence. Il allongea ses longues jambes devant lui et croisa ses pieds. Malgré sa pose nonchalante, Ruby le sentait tendu. Son mal de tête était probablement une sévère migraine, d'où les lunettes de soleil destinées à bloquer toute lumière.

— Ma tasse.

S'il n'avait pas été souffrant, elle lui aurait rappelé la politesse. Lucas était taciturne, souvent brusque, mais jamais carrément désagréable. Sauf quand une gamine un peu éméchée le suppliait de l'embrasser. Là, il avait été si méchant que son béguin d'adolescence s'était transformé sur-le-champ en une haine farouche. Les mois suivants, elle l'avait évité. À dix-huit ans, elle était partie chercher du travail à Londres et, depuis, ne revenait que deux ou trois fois par an rendre visite à sa grand-mère.

Ruby voyait cependant souvent Lucas dans les magazines, soit avec une jeune femme au bras, soit dans les jardins qu'il paysageait. Son succès était devenu si grand au cours des dernières années que ses passages à Rothwell Park étaient rares. Elle devait donc saisir cette occasion de lui parler.

— Vous prenez toujours votre thé noir sans sucre ?

— Oui.

Ruby lui tendit sa tasse. Lucas tâtonna, saisit maladroitement la soucoupe, et le thé gicla par-dessus son bord. Il marmonna un juron, puis sécurisa le liquide en posant une main sur la tasse.

— Je suis désolé. Je vous ai brûlé les doigts ?

Ruby prit sa tasse et s'assit dans le fauteuil voisin.

— Pas du tout, mais, en parlant de brûlure, avez-vous vu celle du poignet de ma grand-mère ?

— Non. Est-elle grave ?

— Je n'en sais rien, elle me paraît infectée. Je lui ai proposé de l'emmener en consultation mais, vous la connaissez, elle ne veut jamais voir de médecin.

— Je sais.

— Pourriez-vous y jeter un coup d'œil ? Si cela vous paraît grave, elle vous écoutera peut-être.

Ruby le vit serrer imperceptiblement les dents.

— Je n'ai aucune expérience en ce qui concerne les brûlures. Un ami médecin m'a laissé une trousse de première urgence très complète. Utilisez-la, elle est dans le cabinet de toilette du rez-de-chaussée, sous le lavabo.

— Je vous remercie. Je vais voir ce que je peux faire. Je vous sers une tranche de son pain d'épices ?

— Non, merci, mais ne vous en privez pas.

Elle se servit. Après la première bouchée, consciente d'être la seule à manger, elle reposa son assiette.

— Qu'y a-t-il ?

— Rien, je le garde pour plus tard.

Il soupira.

— Mangez donc. N'est-ce pas votre gâteau préféré ?

— Si, c'est pourquoi je préfère attendre car je ne m'arrêterai pas à une seule tranche.

Un léger sourire étira les lèvres de Lucas.

— Je croyais que vous aviez appris à refréner vos envies.

Son ton moqueur la fit rougir. Gênée, elle se hâta de changer de sujet.

— J'ai un service à vous demander.

Comme il ne réagissait pas, elle but une gorgée de thé. Malgré son effort pour reposer sa tasse sans faire de bruit, celle-ci heurta la soucoupe. Le cliquetis de porcelaine lui parut assourdissant. Et, bien sûr, trahit sa nervosité.

— Une cliente, une actrice américaine célèbre, souhaite que j'organise son mariage dans le Yorkshire, aussi je…

— Non, l'interrompit-il d'un ton sec.

— Vous ne m'avez pas laissé terminer.

— C'est hors de question, répliqua-t-il en se levant.

Et il retourna se poster face à la fenêtre.

L'avenir de la compagnie dépendant de ce contrat, Ruby demanda :

— Pourquoi ?

Lucas ricana.

— Vous voulez dire hormis le fait que je déteste les mariages ?

Elle soupira.

— Tous ne ressemblent pas à celui de vos parents. Peu de couples divorcent trois fois du même partenaire.

Il se retourna, et elle maudit les lunettes qui lui dissimulaient son expression.

— Vous perdez votre temps, Ruby, je ne changerai pas d'avis.

Face à son obstination, elle insista.

— Écoutez, Rothwell Park est le lieu idéal. Il y a assez de place pour loger tous les invités, une cuisine adaptée pour autant de convives, et le château offre un cadre parfait pour les photos. Mon amie Harper, que vous avez rencontrée lors de sa visite ici il y a quelques années, est d'accord avec moi. C'est elle qui sera leur photographe. Aerin se chargera de la partie logistique. C'est une perfectionniste. Elle s'assurera que nous vous rendions les lieux impeccables. De plus je ferai venir mon équipe traiteur. S'il vous plaît, Lucas, réfléchissez avant de refuser.

— C'est tout réfléchi.

Ruby se leva d'un bond en proie à une immense frustration. En aucun cas elle n'abandonnerait. Elle avait donné sa parole à ses amies, le rêve de sa cliente se réaliserait. Elle devait réussir à le convaincre.

— Ne soyez pas injuste. Ce contrat est le plus gros que notre agence n'ait jamais eu. Il va lui donner un essor inespéré. Et notre cliente est prête à payer ce que vous voudrez.

Lucas se contenta de se retourner vers la fenêtre.

— Partez, maintenant.

— Non. Je ne partirai certainement pas !

Avant de pouvoir s'en empêcher, Ruby lui posa une main sur le bras pour le forcer à la regarder. Il sursauta comme sous l'effet d'une décharge électrique. Un picotement parcourut le bras de Ruby, et elle eut une conscience aiguë de la tension des muscles sous sa main.

Elle n'avait plus touché Lucas depuis ce jour fatidique onze ans plus tôt, mais la sensation était exactement la même. Son pouls s'emballa, chacun de ses nerfs se mit à vibrer, et son cœur à battre à un rythme endiablé. Si proche de lui, la senteur citronnée et boisée de son eau de toilette l'enveloppa, envoûtante. Elle remarqua aussi qu'il n'avait pas dû se raser depuis des jours car une fine barbe ombrait ses joues. Bizarrement, elle accentuait sa virilité, lui donnait même un air dangereux... étrangement séduisant !

Et elle faisait ressortir ses lèvres finement ourlées. Celles-là mêmes qui l'avaient fait fantasmer à l'adolescence...

Si longtemps après, Ruby se demanda comment seraient ces lèvres sous les siennes. Fermes et insistantes ? Douces et persuasives ? Ou un mélange irrésistible des deux ?

Lucas lui prit la main, puis l'ôta fermement de son bras.

— Pensiez-vous vraiment que cette tactique allait fonctionner ?

Sous son ton méprisant une nouvelle vague brûlante enflamma les joues de Ruby. Elle lui lança un regard noir, mais se heurta au reflet de sa propre fureur sur les verres de ses lunettes.

— En premier lieu, je ne partirai pas avant que vous ne m'ayez correctement écoutée. Ensuite, je ne peux pas laisser ma grand-mère seule en ce moment. Pourquoi n'avez-vous pas engagé une autre gouvernante ? Elle ne peut plus prendre soin du château.

— C'est elle qui refuse de prendre sa retraite.

— Mais ne voyez-vous pas combien la maison est négligée ? Elle disparaît sous les toiles d'araignées !

— Non, je ne *vois* pas.

— Enfin, levez les yeux ! Il y en a partout autour de vous. Elles sont énormes. Il faudrait être aveugle pour ne pas les voir.

Les lèvres de Lucas s'étirèrent en une ligne amère.

— C'est exactement ça. Je suis aveugle.

2

Lucas entendit Ruby retenir sa respiration, puis un léger crissement qu'il devina être le bruit de ses doigts s'agrippant au dossier capitonné du fauteuil. Cette nouvelle l'avait frappée de plein fouet, tout comme lui en entendant le diagnostic un mois auparavant.

En un éclair, il avait envisagé la vie qui l'attendait s'il ne retrouvait pas la vue après son opération. Qu'adviendrait-il de son entreprise ? Et, pire, comment ferait-il face au quotidien, lui qui n'avait jamais dépendu de personne ?

— Aveugle ? demanda Ruby en un souffle. Que vous est-il arrivé ?

— J'ai été opéré d'une tumeur de l'hypophyse il y a un mois.

— Une tumeur maligne ?

Elle avait murmuré comme si prononcer ces mots à voix haute la terrifiait.

— Dieu merci, non. Mais, depuis l'opération, un œdème comprime le nerf optique, d'où ma cécité.

Un long silence suivit sa déclaration. Le plancher craqua, elle avait dû passer son poids d'un pied sur l'autre. Lucas imagina Ruby en train de se mordre la lèvre. À cette pensée, son sang rugit dans ses veines jusqu'au plus profond de son anatomie tandis que les souvenirs affluaient, en particulier celui de sa beauté discrète.

La laisser approcher de lui avait été une erreur. Mais sa main sur son bras l'avait surpris. Et l'odeur envoûtante de pivoine et de tubéreuse qu'il lui avait toujours associée lui avait donné envie de la sentir plus près.

Pourquoi être subitement si sensible à sa présence après l'avoir évitée depuis qu'elle était petite fille – et davantage encore après la... fameuse soirée. Son béguin de lycéenne aurait flatté d'autres hommes. Pour lui, c'était un rappel qu'un engouement pris pour de l'amour conduisait tout droit au désastre. La relation tumultueuse de ses parents qui ne cessaient de tomber amoureux et de se désaimer en était la preuve.

Il avait établi les limites onze ans plus tôt avec Ruby, les modifier était hors de question.

— Votre cécité est-elle permanente ?

— Mon médecin est prudemment optimiste. En général, la vue revient. Parfois, ce n'est pas le cas. Je vois de vagues formes, des couleurs plus ou moins prononcées, mais c'est à peu près tout.

— Je suis tellement navrée d'avoir mentionné le soleil aveuglant et les toiles d'araignées.

Entendre l'angoisse de sa voix faillit le faire sourire. Elle avait dû virer au cramoisi ! Il n'avait jamais rencontré de jeune femme qui rougisse autant. D'une seconde à l'autre, ses joues se coloraient, ses taches de rousseur ressortaient sur fond rose. C'était charmant.

— Inutile de vous excuser, dit-il en se rasseyant.

Dans le silence qui suivit, Lucas perçut la respiration irrégulière de Ruby, le bruissement de sa main sur ses vêtements, puis l'entendit venir vers son fauteuil.

— Lucas, j'étais sérieuse au sujet de ma grand-mère. Je vais rester quelques jours pour l'aider. Ensuite, si je parviens à la persuader de prendre sa retraite, je pourrai vous aider à auditionner des remplaçantes.

— Je ne veux personne ici pendant ma convalescence, répondit-il sèchement.

Sa rééducation lui avait permis d'apprendre à naviguer dans un environnement connu et à gérer les tâches les plus courantes du quotidien telles que se laver, s'habiller et manger, mais il lui arrivait encore de se heurter à des meubles, et il ne souhaitait pas que quiconque en soit témoin. Beatrice Pennington était la seule en qui il avait assez confiance pour être à ses côtés en cette période difficile. Il ne pouvait imaginer la perdre avant un mois ou deux. Le temps dépendrait de l'évolution de son état.

— Je suis ici pour une question de discrétion, reprit-il. Rothwell Park a fourni suffisamment de scandales à la presse. Je ne tiens pas à voir mon bulletin de santé publié à la une des journaux.

— Je comprends, mais ma grand-mère a besoin de soins.

— Bien sûr. Emmenez-la voir un médecin, puis rentrez à Londres. Je ne lui chercherai pas de remplaçante avant d'avoir retrouvé la vue.

Si elle revient...

Même s'il n'avait pas prononcé ses mots, ils planaient dans l'air entre eux. Sa gorge se serra. Il but son thé, lentement.

— Vous ne pouvez pas rester terré éternellement ici, Lucas. Vous avez un travail, une entreprise à diriger. Ce qui me ramène au mariage de Delphine Rainbird.

Il serra les dents.

— La manière dont je gère mes affaires ne vous regarde pas. Quant au mariage, je vous ai déjà donné ma réponse.

— Mais vous ne comprenez pas à quel point ce contrat est important pour moi.

Si, il le comprenait, et il faillit céder à sa prière. Faillit, car il y avait un obstacle insurmontable : la presse. Le mariage d'une célébrité à Rothwell Park allait attirer des hordes de paparazzi à l'affût de la photo qui les rendrait riches. Des drones et des hélicoptères survoleraient les lieux. C'en serait fini de sa tranquillité et, si par hasard, un reporter avait vent de sa cécité...

Mieux valait ne pas y penser. Il ne pouvait pas s'exposer à un tel risque.

Lucas avait souffert de l'intrusion des journalistes dans la vie de ses parents. Lui-même avait été suivi et la proie de questions indiscrètes. Terriblement embarrassé d'être mis dans une telle situation, il s'était juré de ne jamais perdre le contrôle de ses émotions et d'éviter les relations de longue durée susceptibles d'éveiller l'intérêt de la presse.

Hélas, il avait compté sans la ténacité des reporters. Faute de fiancée à lui attribuer, ils le poursuivaient et spéculaient inlassablement sur son statut amoureux.

— Je suis désolé, Ruby, mais je ne peux pas vous aider. Vous allez devoir trouver un autre château.

— Aucun n'a autant de cachet que Rothwell Park. Delphine y a séjourné un week-end enfant avec ses parents, des amis des vôtres. Son charme gothique l'a tant impressionnée que, depuis ce jour, elle rêve de s'y marier. La couverture médiatique sera énorme. Des célébrités sont invitées, il y aura peut-être même des membres de familles royales. Mes amies et moi comptons sur cet événement. C'est exactement ce dont nous avons besoin pour placer notre agence dans la sphère supérieure.

Lucas eut beau refuser d'imaginer l'expression implorante de Ruby, une vision de ses yeux noisette ourlés de longs cils s'imposa à lui, suivie immédiatement de celle de ses lèvres pulpeuses...

Il réorienta aussitôt ses pensées sur le sujet en cours. Étant aussi obstinée que sa grand-mère, Ruby n'allait pas abandonner.

Or lui aussi pouvait s'entêter. Et il n'avait aucune intention de capituler. La bataille allait être rude.

— Navré de vous décevoir mais, tant que je serai le propriétaire de ce domaine, aucun mariage n'y aura lieu. Est-ce clair ?

— Je comprends que vous teniez à votre intimité, j'agirais de même. Cela dit, pourriez-vous au moins considérer plus longuement ma proposition ?

Il ne répondit pas. Au bout d'une minute, il l'entendit se lever, rassembler les tasses sur le plateau. Soudain, elle ajouta :

— Que vais-je dire à mes associées ? Je leur avais promis de réussir.

Les promesses ! Lucas en savait long sur le sujet. Ses parents s'en étaient fait un nombre incalculable pour toujours finir par les briser.

— Je suis désolé, Ruby, mais vous n'auriez pas dû faire de promesse avant d'être certaine de pouvoir la tenir.

— Si vous dites oui, j'honore ma parole. Vous seul faites obstacle à mon succès. Et je sais pourquoi vous le faites.

— Tiens donc. Pourquoi ?

— À cause de ce qui s'est passé il y a bien longtemps.

— Il ne s'est rien passé.

Lucas s'en était assuré. D'accord, ses paroles avaient été plutôt brutales, mais leurs sept ans de différence représentaient à l'époque un gouffre infranchissable et qui ne devait pas être franchi.

— Je devrais vous remercier de ne pas avoir profité de ma naïveté, j'imagine.

— Je devrais peut-être m'excuser d'avoir été un peu brusque avec vous.

Ruby poussa un profond soupir.

— Je n'abandonnerai pas, vous savez.

Sa voix avait retrouvé une inébranlable détermination.

— Moi non plus.

Lucas sentit son regard sur lui. Dans un brouillard, il vit Ruby se lever. Il aurait aimé admirer son charmant visage à la peau claire parsemée de taches de rousseur, voir ses pommettes hautes, sa bouche…

Rêver, hélas, ne lui rendrait pas la vue. Seul le temps pouvait le faire.

Une fois la porte de la bibliothèque refermée, Ruby revint dans la cuisine. Sa grand-mère ne s'y trouvant pas, elle s'assit pour réfléchir à la révélation de Lucas.

Privé de vue.

C'était un tel choc qu'elle avait du mal à imaginer les conséquences pour lui. Pour son entreprise en premier lieu. Ce devait être horrible de ne plus voir que de vagues formes après avoir aménagé de sublimes jardins pour ses clients de par le monde. Surtout pour lui qui travaillait sans cesse, attentif au moindre détail, soucieux de perfection.

Qu'il se retire dans la solitude du château le temps

de sa convalescence était compréhensible, mais que se passerait-il s'il ne retrouvait pas la vue ?

Son cœur se serra à cette pensée.

Comment un homme aussi fier, actif et doué vivrait-il l'oisiveté d'une vie de reclus ?

Quelle idiote de n'avoir rien remarqué dès son entrée. Tous les signes étaient là pourtant. La pièce sans lumière, les lunettes de soleil et l'absence de téléphone mobile et d'ordinateur à côté de lui alors qu'il les avait toujours à portée de main.

À ce propos, il lui avait pris la main. Certes, pour l'enlever de son bras, mais y repenser réveilla la sensation de sa paume chaude sur sa peau. Un frisson lui parcourut le corps.

Et la ramena à la réalité.

Ruby alla chercher la trousse de première urgence dans le cabinet de toilette. Dès son entrée, elle vit son reflet dans le miroir. Ses joues étaient encore roses ! Elle ne rougissait pas dans ses interactions avec les hommes.

Mais en présence de Lucas… C'était systématique.

Elle poussa un profond soupir, puis ouvrit le placard sous le lavabo et prit la trousse. Ce n'était pas le moment de se laisser abattre. Elle avait une mission et ne quitterait pas Rothwell Park sans l'avoir accomplie avec succès. Pas plus qu'elle ne laisserait sa grand-mère seule. Réussir était impératif.

Ce mariage était leur chance de mettre Happy Ever After Weddings sur un pied d'égalité avec les meilleures agences, et la sienne d'atteindre une sécurité financière qui lui permettrait de complètement reléguer son enfance misérable dans le passé. Cette occasion était unique. Elle ne pouvait pas laisser Lucas la lui enlever.

Sans compter qu'il avait besoin en ce moment de beaucoup de soutien, et elle pouvait le lui offrir tout en aidant sa grand-mère.

Ruby trouva cette dernière dans le petit salon de repos des employées. Réservé à son seul usage à présent...

Elle s'assit et étala le contenu de la trousse sur le guéridon à côté d'elle.

— Tu aurais pu m'avertir de la condition de Lucas.

— Ce n'est pas à moi de révéler des informations d'importance concernant la santé du maître.

— Tu sais bien que je n'en aurais parlé à personne.

— Et tes chères amies de l'agence ? Il suffit d'un moment d'étourderie pour que nous soyons assiégés par la presse.

— Je ne le leur dirai pas.

Mais, si le mariage de Delphine avait lieu au château comme souhaité, c'est la presse mondiale qui allait être à leur porte. Elle ne vit cependant pas l'intérêt d'en informer sa grand-mère tant que Lucas n'avait pas accepté.

Ruby désinfecta la plaie, la protégea d'une compresse et commença à bander le poignet de sa grand-mère qui tressaillit dès le premier tour.

— Fais attention, c'est trop serré, murmura Beatrice les lèvres pincées.

Elle relâcha la bande aussitôt.

— Ta brûlure n'est vraiment pas belle. Je t'emmène chez le médecin sur-le-champ. Plus tôt il y jettera un œil, mieux ce sera. Je suis franchement inquiète. Si l'infection s'est étendue, tu pourrais perdre un bras.

— Ne sois pas stupide, ma petite ! Je ne perdrai pas mon bras...

Mais l'expression de Beatrice démentait ses paroles. Elle était soucieuse à présent.

— Le plus simple est d'y aller tout de suite. Au moins, nous serons fixées.

Dès que Ruby lui eut expliqué le problème au téléphone, le médecin lui dit de venir sans attendre et lui conseilla de préparer une petite valise au cas où une hospitalisation serait nécessaire. Une heure plus tard, il avait placé Beatrice sous perfusion d'antibiotiques et l'avait admise dans sa clinique le temps que tout danger soit écarté. Une semaine préconisa-t-il en raison de son âge. Rassurée de savoir sa grand-mère en de bonnes mains, Ruby rentra à Rothwell Park.

Avant d'avertir Lucas que, désormais, c'était elle qui allait s'occuper de lui, elle monta dans sa chambre lancer un appel vidéo avec Harper et Aerin.

Même si elle avait entièrement confiance en la discrétion de ses amies, elle décida de ne pas leur faire part de la condition de Lucas.

— Je vais rester une semaine absente car j'ai dû faire hospitaliser ma grand-mère pour une brûlure infectée.

— La pauvre, s'exclama Aerin. Ce n'est pas trop grave ?

— Non, elle s'en sortira. Et surtout, le repos au lit lui fera du bien. Vous la connaissez, c'est le seul moyen de l'empêcher de se surmener.

— Tu as eu le temps de discuter avec Lucas du mariage de Delphine ? demanda Harper.

— Oui, brièvement, nous en sommes au stade des négociations.

— Hum… ta réponse n'est pas franchement optimiste, dit Harper. Fais au plus vite, car Delphine est impatiente. Elle trouve le château de Lucas parfait, ce en quoi elle a raison car, vu sa taille, en plus des invités, il peut accueillir son équipe de sécurité. J'ai tellement hâte d'y faire des photos, elles seront superbes sur notre site.

— Quant à moi, intervint Aerin une note de panique dans la voix, je dois savoir au plus tôt. Rothwell Park est loin de Londres, cela rend la logistique plus difficile, aussi plus nous avons de temps devant nous, mieux c'est.

— Je sais. Comptez toutes les deux sur moi. Je pense pouvoir le convaincre.

Ruby n'était pas aussi sûre d'elle qu'elle le paraissait. Sa détermination cependant avait toujours porté ses fruits. Alors, inutile de désespérer. Trouver le moyen de persuader Lucas n'était pas gagné vu sa phobie des mariages, mais cela valait la peine d'essayer.

Lucas remontait dans sa chambre lorsqu'il entendit les marches de l'escalier craquer au-dessus de lui. Le son des pas de Ruby le fit frissonner. Quelques secondes plus tard, elle arrivait à sa hauteur. L'odeur de son parfum lui donna envie d'enfouir son nez dans son cou pour le respirer tout à loisir.

Hélas, cette fille lui était interdite. Elle l'avait toujours été.

— Comment va Beatrice ? J'ai entendu votre voiture démarrer après notre entrevue. Vous avez réussi à la conduire chez le médecin ?

— Oui, et il l'a hospitalisée. Elle est sous perfusion d'antibiotiques pour deux ou trois jours.

— Combien de temps compte-t-il la garder ?

— Une semaine.

— Je suis navré. Je n'avais pas réalisé que sa brûlure était si sérieuse.

Dire qu'il s'était toujours enorgueilli de prendre soin de son personnel. Il s'en voulut d'avoir manqué à ce devoir envers la plus loyale de ses employées. À sa décharge, il ignorait tout de sa blessure...

— Bien entendu, cela change totalement la situation.

Le ton de Ruby contenait une note victorieuse qui titilla les nerfs déjà à vif de Lucas.

— Que voulez-vous dire ?

— Je vais devoir rester ici après la fin du week-end. Vous aurez besoin d'aide en l'absence de ma grand-mère.

— Je n'ai nul besoin d'aide.

Être servi par Ruby était la dernière chose dont il avait envie. L'avoir au château la durée du week-end était déjà difficile, alors devoir l'éviter pendant sept jours serait insupportable.

— Ne soyez pas stupide, Lucas. Vous avez besoin d'aide, c'est évident. Je peux travailler à distance, donc rester ne me pose pas de problème. En outre, j'en profiterai pour remettre de l'ordre au château, et ma grand-mère profitera d'un repos bien mérité.

Lucas trouva ses arguments valables, mais il y avait un écueil de taille. S'il acceptait – ce qu'il était grandement tenté de faire –, il serait obligé de croiser très souvent Ruby. D'un autre côté, sa présence était préférable à celle d'une intérimaire inconnue.

— C'est bon. Restez. Mais je ne veux pas être inutilement dérangé. Ensuite, à la fin de la semaine, vous devrez partir.

— Je vous remercie d'accepter ma proposition avec une telle amabilité.

À ce sarcasme, il imagina son menton levé et une étincelle de défi dans ses yeux noisette.

— Je vous en prie, répliqua-t-il en montant une marche.

À sa hauteur à présent, Lucas entendit sa respiration – plus brève. Le regardait-elle avec des yeux implorants ? Un brusque désir de toucher sa joue lui fondit dessus. Si fort, si choquant, qu'il dut s'agripper à la rampe d'une main et presser l'autre contre sa cuisse pour s'empêcher de passer à l'acte. Dans un dernier effort, il marmonna, lèvres serrées :

— Excusez-moi, je montais me coucher.

Dans la seconde suivante, la paume chaude de Ruby se posait sur son bras. Un flux brûlant se déchargea dans ses veines. Elle retira sa main, comme si le même courant lui parcourait aussi le corps.

— Il est beaucoup trop tôt pour aller au lit. En plus, vous n'avez même pas dîné, or vous avez besoin d'une alimentation saine et régulière. Sans parler d'exercice au grand air. Sans exposition à la lumière du jour, vos rythmes circadiens seront perturbés. Je peux vous aider pour tout cela.

— D'un, je n'ai pas faim. Ensuite, si vous croyez que jouer la parfaite infirmière me fera changer d'avis à propos du mariage, vous vous trompez.

— Oublions ce sujet pour l'instant. Je fais cela pour ma grand-mère. Elle ne peut plus entretenir le château comme avant. Si j'étais venue plus tôt, je l'aurais vu, mais elle ne m'a rien dit au téléphone.

— C'est ma faute. Je n'étais pas souvent là, puis il y a eu cette opération...

— Ne vous blâmez pas. C'est son obstination qui est responsable. Même si vous lui aviez parlé, elle ne vous aurait pas écouté. J'ai dû lui dire que, si l'infection se propageait, elle risquait de perdre son bras pour la convaincre d'aller voir le médecin.

— Une telle mesure est à envisager ?

— Espérons que non.

— Vous êtes arrivée au bon moment.

— Oui, on dirait.

Bien que Beatrice ne soit pas du genre à confier ses émotions, Ruby lui manquait, Lucas le savait. Il était toutefois mal à l'aise qu'elle n'ait pas eu assez confiance en lui pour lui parler de sa brûlure. Il était son employeur, et donc responsable de son bien-être.

Hélas, pour l'instant il était impuissant à l'aider. Aussi impuissant qu'il l'avait été face aux hauts et aux bas de la vie de ses parents. Un jour ils étaient amoureux fous, le lendemain ils se déchiraient. Le château résonnait alors de cris, d'insultes et de portes claquées jusqu'à ce que l'un d'eux parte, en général celui dont la dernière liaison avait semé la discorde – c'est-à-dire son père. Quelques semaines plus tard, le cycle infernal recommençait.

Parfois, la période paisible durait si longtemps qu'il espérait voir un calme définitif s'installer dans leur couple. Cela n'était jamais arrivé.

Lucas avait donc appris à ne croire ni en leur passion ni en leurs promesses. Puis, son cœur s'étant petit à petit protégé d'une épaisse enveloppe de cynisme, il n'avait plus cru en l'amour éternel.

Fort de cette expérience, il limitait donc ses liaisons dans le temps.

Et cela n'était pas près de changer.

3

Ruby regarda Lucas monter les marches avec précaution. Elle aurait aimé le suivre et s'assurer qu'il arrive sans encombre à bon port, mais il ne voulait pas de son aide. Accepter qu'elle reste avait déjà été un grand pas de la part de cet homme si fier et indépendant.

Bien que, depuis l'épisode si embarrassant de son adolescence, son béguin pour lui se soit transformé en profond désamour, le voir traverser seul une telle épreuve la peinait. Il lui avait cependant toujours paru très solitaire.

En fait, Lucas était à l'opposé de ses parents, tous deux si extravertis. Il n'avait hérité d'eux que la beauté. Sa mère, Claudia, était décédée d'une tumeur au cerveau quelques années auparavant. Son père, Lionel, avait rapidement épousé une très jeune brésilienne avec qui il vivait et avait fondé un nouveau foyer.

Même si son entêtement à refuser aussi fermement son château à Delphine la frustrait, Ruby ne pouvait s'empêcher d'éprouver une grande empathie pour Lucas. Aussi, se sentant impuissante à l'aider, elle rejoignit la cuisine pour préparer le dîner. Cuisiner était une passion. Rassembler les ingrédients puis faire preuve de créativité pour développer des plats aux saveurs nouvelles la comblait. Sa vie bien remplie lui en laissait, hélas, peu souvent l'opportunité. Elle ne lui laissait aussi que peu de temps pour mener une vie sociale, mais cela ne la dérangeait pas. Organiser des mariages avec ses amies lui donnait la satisfaction d'avoir une sécurité financière au lieu d'être dépendante à l'instar de sa mère.

D'où l'importance d'obtenir Rothwell Park pour sa cliente. Convaincre Lucas d'accepter était un défi de taille, mais elle avait toujours surmonté les obstacles. Et elle surmonterait celui-ci comme les autres.

Cette certitude lui insufflant une nouvelle énergie, Ruby fit l'inventaire des provisions, puis se lança dans ses préparations. Deux heures plus tard, une fois la table dressée dans la salle à manger familiale, elle monta avertir le maître de céans.

— Le dîner est prêt, Lucas, dit-elle après avoir frappé à la porte de sa chambre.

Un bruit sourd suivi d'un juron étouffé lui parvint, puis elle perçut le son de pas dans sa direction.

Lucas ouvrit, la dominant de toute sa hauteur. Il ne portait plus ses lunettes. Le bord de ses iris était d'un gris fumé sombre, leur centre bleu glacier et ses pupilles d'un noir d'encre. Ses cils étaient longs et fournis, et ses cheveux ébouriffés, comme s'il venait de passer les doigts dedans. Mais il était toujours aussi beau.

— Je croyais vous avoir dit que je n'avais pas faim.

— Et je vous ai répondu que vous deviez avoir une alimentation saine et régulière. C'est indispensable à votre rétablissement.

Il soupira.

— J'ignorais que vous pouviez être si persévérante. Je mets mes chaussures et je descends.

Ruby attendit pendant qu'il cherchait ses mocassins.

— Zut ! s'exclama-t-il après s'être heurté le pied contre la table de nuit.

Elle s'avança. Ce n'était pas sa première visite dans sa chambre. Du temps de son béguin pour lui, elle s'y était glissée maintes fois en son absence. Elle ramassa les chaussures à moitié engagées sous le lit et s'accroupit devant lui.

— Les voilà.

Lucas les enfila, puis la remercia.

Elle se releva. De si près, elle eut une conscience aiguë de sa présence imposante. Sans parler de la manière dont elle l'affectait ! En une fraction de seconde, un réseau de nerfs s'agita sous sa peau, la faisant frissonner jusqu'à la racine des cheveux, son cœur se mit à battre la chamade et sa bouche s'assécha.

Ruby aurait dû reculer, ne serait-ce que pour résister à l'envie de le toucher, mais une force invisible rivait ses pieds au sol.

Le temps semblait s'être suspendu, le silence s'éternisait.

Lucas lui posa une main sur la joue. Sous ce contact si léger, elle retint son souffle. Il laissa ensuite glisser ses doigts sur son menton. Comme ils s'arrêtaient à quelques millimètres de sa bouche, elle sentit ses lèvres s'entrouvrir, soudain brûlantes. Son ancien désir de lui explosa alors dans toutes les fibres de son corps, sauvage, mais si doux que l'envie de saisir l'instant pour l'assouvir fondit sur elle, impérieuse.

— Pardonnez-moi, dit-il d'une voix rauque tout en laissant sa main retomber.

Totalement sous son emprise, Ruby ne put que murmurer :

— Ce n'est pas grave.

Il recula d'un pas.

— Si, ça l'est. Cela ne se reproduira plus, je vous en donne ma parole.

À sa grande surprise, Ruby aurait aimé qu'il recommence. Et continue sa caresse ailleurs, sur tout son corps encore vibrant en anticipation. Ce bref et léger contact avait réveillé un état de désir encore jamais atteint, si fort qu'elle en frémit.

— Vous devez utiliser vos autres sens pour compenser la perte de votre vue, j'imagine. Toucher un visage vous permet de déchiffrer une émotion, n'est-ce pas ?

— Je n'ai pas besoin de toucher le vôtre pour y lire la pitié, déclara-t-il d'un ton amer.

— Vous croyez que j'ai pitié de vous ? Si c'était le cas, ce ne serait pas pour votre cécité mais pour votre refus d'apprécier les bienfaits de la vie. Des milliers de gens de par le monde sont aveugles. Cela ne les empêche pas d'avoir une vie épanouissante.

— Je vous en prie, épargnez-moi les leçons de morale.

Ruby soupira.

— Vous vivez une période épouvantable, je le sais. Votre existence s'est trouvée bouleversée du jour au lendemain. Je voudrais vous aider à traverser cette épreuve. Je ne peux cependant rien faire si vous n'êtes pas décidé à y mettre du vôtre.

— Je n'ai pas besoin de votre aide.

— Soit. Mais, au fait, quand vous êtes-vous rasé pour la dernière fois ?

Lucas eut un mouvement de recul.

— Pardon ?

Ruby s'approcha et porta la main à sa mâchoire. Il tressaillit, comme si elle le brûlait, mais ne recula pas. Elle caressa alors sa barbe naissante, puis laissa retomber son bras, s'efforçant d'ignorer l'envol de papillons dans son ventre que ce contact avait provoqué.

— Vous auriez besoin d'un bon rasage, à moins que vous n'ayez envie de faire pousser votre barbe, bien entendu. Je peux vous conduire chez le coiffeur, si vous voulez.

— Je n'irai nulle part.

— Et si j'en faisais venir un à domicile ?

— Non, répliqua-t-il en prenant ses lunettes de soleil sur la table de nuit avant d'ajouter : Vous ne me proposez pas de me raser vous-même ?

À la simple idée de le faire les joues de Ruby virèrent au cramoisi.

— Vous me laisseriez vous approcher, un rasoir à la main ? J'ai du mal à le croire. Qui sait ce qui pourrait arriver ?

Les coins de la bouche de Lucas se soulevèrent légèrement.

— Effectivement, qui sait ?

Son ironie la faisant frissonner, elle se hâta de gagner la porte. C'était incroyable qu'il parvienne encore à la troubler malgré ses cuisantes remontrances passées. Aurait-elle perdu toute maîtrise ? La dernière chose dont elle avait besoin était de tomber amoureuse de lui, qui jamais ne s'intéresserait à une fille comme elle.

Quelques minutes plus tard, ils étaient assis dans la salle à manger. Ruby servit une généreuse portion de poulet rôti accompagné de ratatouille, puis lui versa un verre de vin.

— Bon appétit.

Lucas huma son assiette.

— Ça sent divinement bon.

Il tâtonna, à la recherche de ses couverts. Les ayant trouvés, il pencha alors la tête comme s'il sentait son regard, et demanda :

— Quelque chose ne va pas ?

— Il a dû être difficile d'apprendre à manger sans voir ce qui se trouve dans votre assiette.

— Je m'y habitue. Un ergothérapeute m'a assisté pendant deux semaines.

— Vous avez certainement apprécié son aide.

— Oui. Il s'agissait d'une femme, mère de trois enfants qui avait une tolérance zéro pour l'apitoiement sur soi.

Il esquissa un petit sourire avant d'ajouter :

— Une forte femme qui aurait fait un sergent instructeur redoutable dans l'armée. Elle en est convenue.

— Vous n'avez pas dû être un patient facile.

Lucas mangea une bouchée.

— Non, en effet.

— Pourquoi avoir choisi Rothwell Park comme lieu de convalescence ? Vous y reveniez rarement ces dernières années. J'avais l'impression que vous n'aimiez pas être ici.

Il posa sa fourchette, but une gorgée de vin.

— Je l'ai choisi pour sa situation isolée qui me protégeait des paparazzi, et le fait que je connaisse parfaitement les lieux m'aide beaucoup. J'ai passé mon enfance à explorer le château à la recherche d'endroits où me cacher pour ne pas entendre les disputes de mes parents.

Il reposa son verre. Sa bouche se serra en une ligne amère.

— Je ne me souviens pas de cet endroit comme d'un foyer. C'était plutôt une zone de combat à mes yeux.

— Pourtant vos parents n'y ont pas toujours été malheureux. Je les ai vus follement amoureux.

— J'ai peine à croire qu'il se soit agi d'amour, rétorqua-t-il cynique. Ils aimaient les drames et n'étaient heureux qu'en rendant l'autre malheureux. Alors, si c'est ça l'amour, très peu pour moi.

— Avez-vous déjà été amoureux ?

— Non.

Malgré sa réponse sèche probablement destinée à mettre fin au sujet, Ruby ne le laissa pas démonter.

— Pourtant vous avez eu de nombreuses petites amies. N'y en a-t-il pas une qui ait éveillé des sentiments en vous ?

— Il ne faut pas confondre désir et amour. Je ne reste pas assez longtemps avec mes maîtresses pour développer des sentiments.

— Et si elles en développent ?

— Je ne cherche pas à briser des cœurs. Je pose d'emblée mes conditions. C'est à prendre ou à laisser.

— Il semble que beaucoup de femmes les acceptent.

Ruby s'en voulut de ne pas avoir réussi à dissimuler sa réprobation. Mais, si ce que rapportait la presse était vrai, Lucas changeait de partenaires aussi rapidement qu'un pilote de course changeait de vitesse.

Il but une nouvelle gorgée de vin avant de répondre.

— Vous n'êtes pas favorable aux brèves aventures, c'est cela ?

— Il m'arrive d'en avoir.

— Mais vous n'êtes jamais tombée amoureuse.

— Pas encore.

— Pourtant, vous aimeriez.

— Évidemment, rétorqua-t-elle. Je travaille dans l'industrie du mariage. Je serais hypocrite si je ne croyais pas en l'amour et ne l'espérais pas pour moi. Je n'ai simplement pas eu la chance de le trouver jusque-là. Mes deux associées, Aerin et Harper, non plus. C'est vraiment l'ironie du sort.

Pour toute réponse, Lucas émit un bref toussotement. Une manière polie de lui dire que croire en l'amour était stupide. Ils mangèrent quelques minutes en silence.

— Je suis désolé que votre grand-mère ait dû être hospitalisée, dit-il enfin. Si elle a besoin de quoi que ce soit, n'hésitez pas à m'avertir.

— Je vous remercie, mais elle va vite se rétablir. Cela dit, je pense toujours que vous devriez l'encourager à prendre sa retraite.

Tout en buvant une gorgée de vin, Ruby observa Lucas. Son visage impassible ne trahissait rien de ses pensées, ce qui était habituel chez lui. Il ne laissait jamais paraître ses émotions. Elle remarqua cependant autour de sa bouche des rides qui n'y étaient pas auparavant. Dues au souci, certainement. Ignorer s'il retrouverait la vue et pourrait reprendre son métier ainsi que ses voyages à travers le monde devait l'angoisser.

— J'avais déjà l'intention d'en discuter avec Beatrice. C'est une autre raison pour laquelle ce mariage ne peut avoir lieu ici.

Ruby le regarda, interloquée, avant de comprendre ce que sous-entendait sa réponse.

— Êtes-vous en train de me dire que vous pensez… vendre Rothwell Park ?

Au moment où ce mot franchissait ces lèvres, sa poitrine se serra. Cette propriété était son foyer, le lieu où elle avait trouvé la stabilité après avoir été ballottée d'une chambre sordide à l'autre du temps où sa mère fuyait un petit ami violent ou un dealer envers qui ses dettes s'accumulaient. Si Lucas vendait Rothwell Park, en plus de la perte de son sanctuaire, c'était une partie d'elle-même qui disparaîtrait.

— Le château est trop grand pour une seule personne, répondit-il en haussant les épaules. Je passe la plupart de mon temps à l'étranger, aussi il est plus raisonnable de le céder à quelqu'un qui en fera meilleur usage.

— Mais c'est chez vous. C'est la maison de vos ancêtres. Qu'en pense votre père ?

— Il m'a transféré le titre de propriété à la mort de ma mère. Il ne veut pas rentrer en Angleterre, encore moins revenir vivre ici, et sa jeune épouse non plus. Elle trouve la région trop froide.

Ruby n'arrivait pas à imaginer sa vie sans Rothwell Park. Même si elle n'y revenait que deux ou trois fois par an, savoir qu'elle le pouvait lui procurait une impression de sécurité. Elle réalisa en un éclair à quel point elle s'y était attachée. Un sentiment de perte lui fondit dessus, d'autant plus terrifiant qu'il réveillait son insécurité d'antan.

— Que deviendra ma grand-mère ? Elle a vécu ici pratiquement toute sa vie.

— C'est vous qui insistez pour qu'elle prenne sa retraite. Bien entendu, je lui donnerai une somme appréciable, ainsi qu'une maison où finir ses jours en paix et dans le confort.

C'était certes généreux, mais cela n'expliquait pas son subit besoin de vendre. Soit l'idée lui était venue parce que sa convalescence le poussait à ruminer de sombres pensées, soit il avait reçu une proposition récente.

— Quand pensez-vous lui en parler ?

— Une fois la vente réalisée.

— Vous avez déjà un acheteur ? demanda-t-elle la gorge serrée.

Une expression impatiente passa sur le visage de Lucas.

— En effet. On m'a fait une offre que je serais bien bête de refuser.

— Donc, ça se résume à une question d'argent. Je vous croyais différent de votre père mais, pour vous aussi, les affaires passent en premier. Vous cédez la propriété ancestrale au plus offrant.

Lucas se renfonça dans son siège, un sourire cynique aux lèvres.

— Vous pouvez me faire une contre-proposition, le contrat final n'est pas encore signé.

Ruby lui lança un regard noir. Peu importait qu'il ne puisse lire la fureur dans ses yeux !

— Vous savez parfaitement que je ne dispose pas d'une telle somme.

Et elle n'en disposerait jamais si ses amies et elle n'arrivaient pas à placer leur agence dans les sphères supérieures. Elle déglutit pour déloger la boule qui venait de se former dans sa gorge. Il était hors de question de trahir sa peine.

— Allons, Ruby, les affaires sont les affaires, les émotions n'entrent pas en jeu. Vous devriez le savoir pour avoir plutôt bien réussi dans votre branche.

— N'éprouvez-vous donc pas le moindre sentiment pour Rothwell Park ?

Le visage de Lucas était si impassible qu'elle crut voir un de ses ancêtres dont les portraits trônaient dans la galerie de tableaux.

— En ce qui me concerne, ce château est maudit.

— Que voulez-vous dire ?

Un sourire cynique étira les coins de ses lèvres.

— Vous le savez pour avoir été témoin des péripéties amoureuses de mes parents. Rothwell Park n'évoque pour moi qu'angoisse et ressentiment. Je ne veux plus rien avoir à faire avec.

— Mais cette propriété est de toute beauté. Que vos parents s'y soient déchirés est un hasard, ils en auraient fait autant partout ailleurs. Et ils s'y sont aimés aussi. Passionnément, même, je les ai vus.

Lucas eut un rire dur.

— Oui, avec vos yeux d'enfant. Et ils vous fascinaient parce qu'ils étaient différents de…

Il se tut brusquement.

— … de ma mère ? C'est cela que vous alliez dire ?

Le silence tomba sur la pièce.

Ruby aurait aimé croire que, même sans partenaire, sa mère l'avait aimée, au moins bébé. Elle n'avait aucun souvenir de manifestations de tendresse, mais l'amour maternel devait être inné, tout comme le fait de vouloir toujours le meilleur pour son enfant. L'autre hypothèse était plus douloureuse. Sa mère pouvait lui en avoir voulu d'avoir changé sa vie irrémédiablement en arrivant alors qu'elle n'était pas prête, et avoir eu recours à la drogue et l'alcool pour fuir son ressentiment.

Comment savoir ?

Sa grand-mère refusait de parler de sa fille unique qui avait refusé en bloc les valeurs qu'elle avait essayé de lui inculquer.

De toute manière, elle n'aurait jamais la réponse puisque sa mère était décédée peu de jours après sa sortie de prison dans l'année qui avait suivi son installation à Rothwell Park.

— Vous méritiez mieux, Ruby. Mes parents n'étaient pas un exemple d'adultes responsables, ni de couple épanoui.

— Mais, au moins, ils vous aimaient. Je ne suis pas sûre que ma mère m'ait aimée.

N'importe qui l'aurait rassurée d'un « Mais si, voyons, c'est évident. » Pas Lucas Rothwell. Au lieu de maquiller la vérité, il l'énonçait froidement. En cet instant cependant sa voix s'adoucit pour répondre :

— J'en suis désolé. Il doit être difficile de vivre avec ce doute.

Ruby eut un petit sourire désabusé. Lucas ne pouvait le voir, bien sûr, mais elle reprit vite une expression neutre. Cet homme semblait doté un sixième sens quand il s'agissait d'elle. Toute réflexion faite, c'était effrayant.

Sentait-il sa perception accrue de lui et les réactions de son corps en sa présence ? Son regard qui déviait si souvent vers sa bouche et son brûlant désir de la sentir prendre possession de la sienne ?

Elle promena un doigt sur le rebord de son verre, histoire de calmer ses pensées.

— Si vous saviez comme je vous enviais d'avoir toujours habité Rothwell Park. C'est vrai, vos parents me fascinaient, surtout votre mère. Elle était si belle, si vive et si charmante. Elle était l'âme de toutes les soirées. Ce n'est pas étonnant que votre père ait passé son temps à tomber amoureux d'elle. Elle me manque. À vous aussi, j'imagine.

Lucas eut un petit sourire triste. Il tendit la main et referma les doigts autour du pied de son verre.

— Oui… J'ai parfois du mal à croire qu'elle est partie à jamais. En tout cas, mon père l'a vite oubliée. Il s'est remarié quelques semaines après sa mort.

Ruby se souvint de sa propre surprise quand elle l'avait appris.

— Mais ils étaient séparés les derniers temps, lui fit-elle remarquer.

— En effet.

— Croyez-vous qu'ils se seraient remis ensemble si elle n'était pas tombée malade ?

— Pensez-vous que trois mariages et trois divorces ne soient pas une preuve suffisante d'incompatibilité ?

L'amertume de Lucas était compréhensible, même si Ruby avait eu une vision différente de la relation de ses parents. Mais il avait peut-être raison, et elle avait sans doute vu leur couple à travers le regard optimiste d'une enfant assoiffée d'amour.

L'espoir la portait depuis ses plus jeunes années. L'espoir d'une certaine stabilité, puis d'un foyer. C'était l'espoir qui l'avait aidée à créer une agence avec ses deux amies. Sans parler de l'espoir toujours présent de trouver l'amour et de fonder une famille heureuse.

Un autre espoir cependant plus urgent dans l'immédiat animait Ruby.

— Nous en avons déjà parlé, Lucas, mais accepteriez-vous de reconsidérer ma proposition concernant Delphine Rainbird ? Vous allez vendre Rothwell Park de toute manière, alors quelle importance qu'un autre mariage y soit célébré ? Cela me permettrait d'y venir une dernière fois. C'est important pour moi. Même si ce château ne m'appartient pas, il représente mon foyer.

Y vivre avec ma grand-mère après un passage dans une famille d'accueil a été merveilleux. S'il vous plaît.

Il poussa un profond soupir.

— Vous n'abandonnez jamais, n'est-ce pas ?

— J'ai appris que, pour atteindre son but, il ne fallait jamais baisser les bras. Mon credo est : Si tu as en toi les moyens de réaliser tes souhaits, ne te laisse pas abattre.

Un sourire énigmatique flotta sur les lèvres de Lucas. De toute évidence, il réfléchissait. Si elle ne se trompait pas, c'était même à son sujet. L'idée qu'il se prépare peut-être à passer un marché avec elle lui emballa le pouls.

— D'accord, vous pourrez faire ce mariage ici, mais je veux quelque chose en retour.

Le cœur de Ruby fit un bond.

— Nous sommes prêtes à négocier votre rétribution.

— Je ne parlais pas d'agent.

Ses lèvres s'asséchèrent brusquement.

— Ah bon ?

— Je veux que vous m'accompagniez en Grèce.

Elle le fixa, aussi stupéfaite que s'il lui avait demandé de faire un aller-retour sur la lune.

— Pourquoi ?

— Pas pour la raison à laquelle vous pensez.

À ce propos, les joues de Ruby s'embrasèrent.

— Je ne pensais absolument pas à ça !

Le sourire de Lucas s'accentua.

— Je vais faire faire un grand nettoyage du château et des jardins. Mon absence diminuera les risques de voir ma condition découverte. Nous irons donc passer une semaine sur mon île privée.

— Vous avez une île privée ?

— Je l'ai achetée il y a quelques mois, avant que ma

tumeur n'ait été diagnostiquée. Depuis, la maison a été entièrement rénovée. J'ai suivi les travaux, planifié les plantations, mais n'ai pas eu l'occasion de voir le résultat final. Je dois aller faire l'inspection de fin de chantier.

— Mais vous ne voyez que de vagues formes et des couleurs plus ou moins prononcées, c'est bien ça ?

— Exactement. Aussi, vous serez mes yeux. Vous me décrirez dans les moindres détails ce que vous verrez. Il y a cependant un point à préciser. Si vous me trahissez auprès de la presse, le mariage est annulé.

— Je ne ferais jamais pareille chose.

— Votre grand-mère joue régulièrement au bridge avec quelques amies. Je m'arrangerai pour qu'elles lui rendent visite à l'hôpital et prennent soin d'elle. Vous n'aurez donc pas à vous inquiéter pendant notre absence.

« Notre » ! Sa proposition était donc sérieuse. L'idée de passer une semaine seule sur une île avec Lucas fit frissonner Ruby. Des jours entiers à discuter, se promener et manger avec lui... Aussi délicieux que ce programme paraisse, il lui posait un problème. Lors d'une telle proximité, il risquait de sentir combien il l'attirait, bien malgré elle...

— Mais que vais-je dire à Aerin et Harper ? Je ne peux pas leur mentir.

Surtout à Harper qui avait été la victime innocente d'un énorme mensonge.

— Vous leur expliquerez que vous me faites une faveur sans laquelle je ne vous accorderais pas le château.

— Elles vont croire à une liaison passagère.

Lucas haussa les sourcils.

— Si c'en était une, elles la désapprouveraient ?

— Aerin, je ne sais pas, mais Harper certainement

car je lui ai conseillé, il y a plusieurs mois, de se tenir à distance d'un play-boy notoire. Hélas, il lui était difficile d'ignorer Jack Livingstone.

Lucas se redressa brusquement.

— Jack Livingstone, le propriétaire de la chaîne d'hôtels de caractère ? Que s'est-il passé ?

— Il était le témoin du marié à un mariage que nous organisions. Dans un moment de faiblesse, elle a eu une aventure d'un soir avec lui. Depuis, il a cherché à la revoir, l'a inondée de messages, mais elle n'a pas répondu.

— Pourquoi ?

— Je vous l'ai dit, c'est un play-boy, et en tant que tel il s'intéresse à elle parce qu'elle est la seule femme à lui dire non.

Lucas eut une moue inspirée, comme s'il savait exactement ce qui se passait dans la tête de ce genre d'homme.

— Il est parfois difficile de ne pas relever un défi.

Il reprit son verre de vin.

— Alors, m'accompagnerez-vous ?

Une nuée de papillons s'ébattant soudain dans son ventre, Ruby répondit :

— Comment pourrais-je refuser ?

Le dîner terminé, Lucas sirota un whisky dans la bibliothèque tout en réfléchissant à son idée d'emmener Ruby sur son île. Il n'était pas homme à prendre des décisions impulsives, mais l'inviter elle plutôt que quiconque d'autre était logique.

Sans compter que rester à Rothwell Park pendant le grand nettoyage présentait trop de risques. Il ne pouvait pas s'enfermer dans sa chambre toute la journée. Il suffirait alors qu'un membre de l'équipe de nettoyage remarque sa démarche hésitante et la mentionne, intentionnellement ou pas, sur les réseaux sociaux pour que sa condition arrive aux oreilles de la presse. Il aurait bien sûr pu payer un de ses employés, mais la compagnie de Ruby était bien plus réjouissante.

Une semaine, seul avec elle... Perspective agréable, mais dangereuse.

Lucas repoussa aussitôt cette pensée avec un argument imparable. Ruby tenait trop à honorer son contrat avec son actrice américaine pour ne pas tenir son engagement envers lui. L'enjeu était trop gros. Elle ne ferait rien qui puisse compromettre l'avancement de sa carrière. En cela, il lui faisait confiance. En tout, d'ailleurs. Comme lui, elle se fixait des objectifs et faisait tout pour les atteindre.

Elle ne lui avait cependant pas semblé horrifiée à l'idée d'un huis clos avec lui en Grèce. Aurait-elle encore le béguin pour lui après tant d'années ? Ruby n'était plus l'adolescente maladroite d'antan, mais une adulte mystérieuse et fascinante qu'il lui était désormais impossible d'ignorer.

Dès l'instant où elle était entrée dans la bibliothèque, Lucas avait senti un trouble l'envahir. Le bref contact de sa main sur son bras avait déclenché en lui une étincelle qui, loin de s'éteindre, n'avait fait que s'attiser avec une insistance inquiétante. Il ne s'était pas senti aussi vivant depuis des mois, et c'était dû à la compagnie de Ruby. Elle ne se prosternait pas devant lui mais lui tenait tête, et elle avait défendu sa cause avec une admirable ténacité. Cette jeune femme était passionnée, gaie et déterminée. C'était exactement celle qu'il lui fallait pour le tirer de son désespoir silencieux. Elle et le soleil de sa magnifique île.

Tout cela considéré, Lucas se félicita de sa décision. Le mariage de la célèbre actrice serait le dernier événement donné au château avant son départ de Rothwell Park. Il serait heureux de laisser derrière lui ce domaine, symbole de promesses non tenues et d'espoirs brisés.

En attendant, il allait s'envoler vers des cieux plus cléments.

— Tu pars En Grèce ? s'exclama une Harper stupéfaite dès que Ruby eut annoncé la nouvelle à ses amies.

— Oui, juste pour une semaine. Lucas a accepté de nous céder le château pour le mariage de Delphine à condition que je l'accompagne.

— Mais pourquoi te veut-il avec lui ? demanda Aerin d'un ton de suspicion teintée de ravissement. Que se passe-t-il entre vous deux ?

À cette question, les joues de Ruby s'enflammèrent. Une chance que leur appel ne soit pas en vidéo !

— Rien du tout. Il veut me montrer sa villa récemment rénovée, or je n'ai pas pris de vacances depuis une éternité et je n'ai rien de prévu côté boulot cette semaine, donc le timing est idéal.

— Oui, mais méfie-toi quand même de ce play-boy. Je te donne ce conseil en connaissance de cause.

Harper, bien sûr, tenait à soulever ce point ! Ruby dévia adroitement le sujet.

— N'es-tu pas un peu dure avec Jack ? Il ne demande qu'à te revoir. C'est toi qui refuses.

— Et pour cause, tu m'as d'emblée mise en garde contre lui !

— Je sais. Toutefois, avec le recul, son insistance prouve que tu as dû lui laisser un souvenir impérissable.

— Peu importe, je ne suis pas prête pour une relation, même pas pour une aventure passagère, répliqua Harper. En ce moment, je me concentre sur mon travail. Je n'aurais d'ailleurs pas dû laisser Jack me distraire au mariage des Tenterbury. Ce n'était pas professionnel de ma part, donc c'est une raison supplémentaire de le garder à distance.

— Je suis prête pour une relation, moi, soupira Aerin. Le problème est de trouver M. Idéal dans une foule de messieurs totalement imparfaits.

Ruby ne put s'empêcher de la taquiner. À presque trente ans, son amie était encore vierge et si terrifiée à l'idée de sortir avec le mauvais homme qu'elle n'en avait jamais embrassé aucun.

— Tu veux dire M. Parfait.

— C'est ça. Je pèche peut-être par excès de prudence, mais je ne veux pas avoir derrière moi une foule de relations avortées le jour où je rencontrerai mon âme sœur. Je veux vivre, comme mes parents et mes frères et sœurs, un grand amour durable avec mon partenaire.

— N'en rêvons-nous pas toutes ? soupira Ruby.

Harper la rappela aussitôt à l'ordre :

— C'est pour cela que partir une semaine avec un play-boy notoire sur son île privée me paraît bien peu sage. Tu t'étais entichée de lui à l'adolescence. Tu pourrais bien recommencer.

— Cesse de t'inquiéter, je suis capable de prendre soin de moi.

C'était facile à dire, mais à présent Ruby devait le prouver.

4

Le voyage jusqu'à Athènes eut lieu à bord d'un jet privé. Une fois qu'ils furent arrivés, comme ils devaient attendre une heure avant le prochain vol, Ruby partit dans les boutiques de l'aéroport faire des emplettes. Son sac de voyage ne contenait en effet que les vêtements prévus pour un week-end dans le Yorkshire dont aucun n'était approprié pour une île grecque.

Elle revint après avoir acheté un maillot de bain, un sarong ainsi que des tenues légères.

À son retour dans le salon privé, Lucas se leva.

— Vous avez trouvé tout ce dont vous aviez besoin ?

— Oui, je pense. L'avion est là ?

— Pas un avion, nous prenons un hélicoptère. Stavros, le pilote, nous attend.

Un vent de panique fondit sur Ruby. Une seule sortie, effectuée dans son enfance dans un tel appareil était restée dans sa mémoire parmi ses pires souvenirs. Elle n'avait pas eu l'occasion d'affronter sa peur depuis, mais, vu la popularité croissante des mariages en des lieux aussi reculés que privés, force serait de le faire un jour. Elle préférait toutefois en différer le moment.

— Ne pourrions-nous pas rejoindre l'île en bateau ?

— C'est plus rapide par voie aérienne.

— Mais, par la mer, nous bénéficierions de l'air marin, du soleil et verrions peut-être même des dauphins.

Lucas tourna vers elle un front soucieux.

— Avez-vous peur des hélicoptères ?

Son ton dénué de toute moquerie la toucha. Ruby humecta ses lèvres soudain sèches. Il ne pouvait bien sûr pas voir son expression, mais il sentait certainement sa respiration rapide et son agitation, deux signes caractéristiques de sa nervosité. Une chance qu'il ne perçoive pas les soubresauts d'anticipation de son estomac !

— Un peu…

— En raison d'une mauvaise expérience ?

— Oui. J'avais sept ans lorsque le petit ami de ma mère, un dealer, nous a fait faire un tour. Il s'est lancé dans des manœuvres spectaculaires et, voyant ma peur, a pris un malin plaisir à les multiplier. Cela m'a ôté à jamais l'envie de remonter dans un tel appareil.

Lucas lui posa la main sur l'épaule.

— Quel comportement cruel envers une jeune enfant. Votre mère ne l'a pas sommé d'arrêter ?

— Non, elle trouvait cela amusant, adorait le style de vie audacieux qu'il lui offrait et pensait que j'avais besoin de m'endurcir. Lorsqu'il l'a quittée, peu de temps après, elle m'a fait porter la responsabilité de la rupture : « Il ne supportait pas une gamine froussarde. »

— C'est vraiment horrible, murmura-t-il en la prenant dans ses bras.

Ce doux contact lui donna l'impression qu'il réconfortait la fillette d'alors. La tête pressée contre son torse musclé, Ruby huma l'odeur de son eau de toilette mêlée à celle de linge fraîchement lavé de sa chemise. À travers ce vêtement, seule barrière entre leurs peaux, elle perçut les battements de son cœur, sourds et réguliers en comparaison des siens, désordonnés. Soudain, elle prit conscience que le contact de leurs corps si proches éveillait en sa chair un besoin brûlant difficile à combattre.

Lucas vint à son secours en reculant d'un pas. Il laissa toutefois ses mains sur ses épaules. Seule une légère couleur sur ses joues lui indiqua que cette proximité l'avait autant troublé qu'elle.

— Vous serez en sécurité avec moi. J'ai volé un nombre incalculable de fois sans le moindre incident. J'aurais volontiers piloté, mais ma présente condition m'en empêche.

— Vous avez votre licence de pilote d'hélicoptère ?

L'ébauche d'un sourire lui étira les lèvres. Il laissa retomber ses mains, puis s'en passa une dans les cheveux.

— Oui, mais, en ce moment, cela ne m'est pas d'une grande utilité.

— Il doit être si pénible d'ignorer quand votre vision reviendra, dit-elle en lui posant une main sur le bras.

Lucas resta immobile une seconde avant de la recouvrir de la sienne. Ruby faillit sursauter sous l'effet du frisson qui se propagea à tout son corps. S'en était-il aperçu ? Difficile à dire, vu que son expression était impossible à déchiffrer derrière ses lunettes de soleil.

— Nous pouvons prendre un bateau si vous préférez, mais j'ai engagé un pilote très expérimenté, et je serai à côté de vous tout le temps.

Sachant qu'il était pressé de rejoindre la tranquillité de son île, Ruby apprécia qu'il soit prêt à en retarder le moment pour son bien-être. Avant de répondre, elle abaissa les yeux vers son avant-bras musclé. De fins poils bruns couraient sur sa peau bronzée jusqu'à l'endroit où la manche de sa chemise était roulée. Un rappel évident de sa virilité qui souffla un vent de folie sur ses hormones féminines. Craignant d'y succomber, elle retira sa main.

— Ne changeons rien au programme, je pourrais souffrir du mal de mer. Ce serait pire. Allons-y, je serai courageuse.

Un grand sourire illumina le visage de Lucas. Il parut aussitôt plus jeune et plus accessible. Dangereusement irrésistible aussi.

Dès qu'ils furent assis dans l'hélicoptère, un modèle luxueux disposant de quatre places séparées du pilote par une vitre, Lucas prit la petite main de Ruby dans la sienne et la serra. Un geste de réconfort naturel, mais aussi une occasion de contact à laquelle il n'avait pu résister.

Presser son corps mince aux douces courbes féminines contre le sien, quelques minutes auparavant, avait éveillé en lui un brutal désir. Il ne sut si c'était dû à ses mois de célibat depuis son diagnostic ou au fait qu'être privé de vue accentuait ses autres sens. Quoi qu'il en soit, il devait se montrer prudent avec elle. Ruby ne correspondait pas à son type de compagnes, ni lui au sien. Une aventure passagère avec elle était déconseillée, même si la tentation d'en entamer une était forte.

Il pensa alors à l'odieux comportement du petit ami de sa mère. De toute évidence, cette malheureuse expérience l'avait marquée. Tout comme sa vie d'alors. Il était ironique qu'elle ait trouvé la stabilité en venant s'installer à Rothwell Park quand lui souffrait de son ambiance si chaotique ! Mais pour elle au moins la propriété avait joué un rôle bienfaisant. C'était une bonne chose.

Lucas comprenait que Ruby soit perturbée par la vente prochaine du château. Elle le serait davantage encore en apprenant l'identité de l'acheteur. Il regretta de n'avoir pas saisi l'occasion de la lui révéler lorsqu'elle avait mentionné sa relation avec son amie Harper. Hélas, il s'était engagé à tenir le nom de Jack secret jusqu'à la signature définitive de la vente.

Au moment où le pilote lança le moteur, Ruby tressaillit. Lucas lui souleva la main et la posa sur sa cuisse.

— Respirez profondément et libérez votre angoisse à chaque expiration.

Elle enfonça ses ongles dans sa peau, comme pour s'ancrer sur lui, puis relâcha sa pression au fur et à mesure que l'hélicoptère s'élevait dans les airs.

— Avons-nous atteint notre altitude de croisière ? demanda-t-elle au bout de quelques minutes. Je n'ai pas le courage d'ouvrir les yeux pour regarder.

— Et moi qui comptais sur vous pour me dire ce que vous voyiez. Pas de chance !

Ruby retira alors sa main. Lucas eut du mal à se retenir de la replacer sur sa cuisse.

— L'eau est si bleue !

— Quelle est sa teinte exacte ?

— Un superbe turquoise qui donne envie de plonger et nager pendant des heures.

Il l'imagina aussitôt évoluant telle une sirène dans un océan.

— Que voyez-vous d'autre ?

— Quelques nuages blancs et... Attendez, c'est incroyable ! Des dauphins ! Ils sont au moins dix. L'eau scintille sur leurs dos comme des milliers de diamants. Ils sont si élégants, si souples, si beaux...

Son émerveillement le toucha.

— Je vois aussi un grand yacht à la coque blanche agrémentée d'une ligne bleu argenté, et ce qui me semble être deux petits bateaux de pêche.

— Nous approchons de mon île à présent.

— Déjà ?

— Oui, j'entends Stavros amorcer la descente.

Ruby reposa alors sa main sur sa cuisse.

— Merci.

— De quoi ?

— De m'avoir fait oublier à quel point j'étais terrifiée.

Lucas, qui distinguait le contour de son visage, lui effleura la joue. Sa peau était douce comme de la soie. Il aurait tant aimé laisser glisser sa main à son cou. Et même découvrir le reste de son corps. Sa gorge se contracta. Sa voix sortit rauque.

— J'en suis heureux.

Il la sentit retenir son souffle. Elle approcha son visage du sien. L'odeur de son parfum lui enflamma les sens. Jamais il n'avait eu autant envie d'embrasser une femme. Le désir rugit dans ses veines, emballa son pouls, se concentra dans sa virilité au point d'en devenir douloureux.

Du pouce, il lui caressa le menton.

— Votre peau est incroyablement douce.

Elle promena alors ses doigts le long de sa mâchoire.

— Vous avez besoin de vous raser.

Quoique taquine, sa voix était empreinte d'une nuance plus trouble qui l'atteignit de plein fouet. Son désir enfla, demandant satisfaction. Soudain décidé à la lui accorder, Lucas maquilla le sérieux de sa question sous un ton léger :

— Craignez-vous d'avoir la peau irritée au contact de ma barbe ?

— Je le craindrais… si vous m'embrassiez.

Il caressa alors du pouce le contour de ses lèvres pulpeuses.

— Je ne suis pas certain que ce soit une bonne idée en cet instant précis.

— Pourquoi ? demanda-t-elle en un souffle.

Bien qu'heureux de sa déception évidente, il laissa retomber sa main et lui adressa un sourire chagriné.

— Je ne voudrais pas choquer Stavros.

— Parce que vous voir embrasser la petite-fille de la gouvernante l'horrifierait, c'est ça ?

Comme l'hélicoptère venait de se poser, Lucas ôta son casque. Ruby l'imita.

— Tout dépendrait du type de baiser, répondit-il.

— Comment m'embrasseriez-vous ? Question purement hypothétique, bien entendu.

— Si nous étions en compagnie, je me contenterais d'un bisou sur la joue. En revanche, si nous étions seuls…

Il laissa en suspens la fin de sa phrase, regrettant amèrement de ne pouvoir voir l'expression de Ruby. Flirter avec elle ne le dérangeait pas. Bien au contraire. Il s'imagina l'embrasser, sentir ses lèvres s'ouvrir sous les siennes, leurs langues se mêler, et laisser la suite découler naturellement. En un éclair son corps réagit. Son excitation le rappela à l'ordre. La limite était fine entre le rêve et la réalité, et cette dernière dangereuse.

Une limite qu'il s'était promis de ne pas franchir.

— Mais nous allons être seuls, pendant une semaine. À moins que vous ayez du personnel sur l'île.

— J'en ai. Un couple assure l'entretien de la maison. Je leur ai demandé de la préparer pour notre arrivée, de remplir le réfrigérateur, puis de profiter de ma présence pour aller passer la semaine chez leurs enfants à Santorin. Nous serons donc seuls jusqu'à ce que Stavros vienne nous chercher pour nous ramener à Athènes.

Ils détachèrent leurs ceintures de sécurité.

— Vous tenez vraiment à préserver votre intimité.

— En effet.

S'exposer à un huis clos avec Ruby était peut-être une erreur, mais Lucas avait senti un changement au cours des dernières vingt-quatre heures. Lui parler des peines et blessures de sa jeunesse avait créé une intimité entre eux, comblé la distance qui les avait séparés.

Et être si loin du domaine ancestral ajoutait une dimension différente à leur relation. Cela lui donnait toujours une sensation de liberté, l'impression de vivre le moment présent au lieu d'être lié au passé. Restait à savoir si profiter de l'instant avec Ruby était une bonne idée ou pas.

Lucas avait une seule certitude : celle de pouvoir compter sur elle pour inspecter les travaux à sa place. Il la savait extrêmement minutieuse, attentive aux moindres détails, comme lui.

Même si la raison lui demandait de garder ses distances avec elle, la tâche allait s'avérer ardue car ils allaient être entièrement seuls sur l'île.

5

À la descente d'hélicoptère, les jambes de Ruby la portaient à peine. Ce n'était pas la peur qui les avait affaiblies mais la proximité de Lucas. Elle frissonnait encore en pensant que, quelques minutes plus tôt, faisant fi de la présence du pilote, elle avait bien failli l'embrasser !

Il était devenu omniprésent au cours des dernières heures. Son grand corps agissait comme un aimant sur le sien assoiffé de sensualité. Un changement était advenu dans leur relation, ils avaient entamé un flirt subtil. Sa cécité, en aiguisant ses sens, poussait peut-être Lucas à ce petit jeu. Mais, ce n'était pas par compassion qu'elle avait caressé sa courte barbe. Un sentiment indéfinissable avait guidé sa main.

Or elle n'était pas impulsive habituellement, ni téméraire. À croire qu'une nature secrète prenait le pas sur la sienne dès qu'elle était en présence de Lucas Rothwell.

Ruby commençait à comprendre pourquoi Harper avait trouvé si difficile de résister à Jack Livingstone. Les play-boys avaient, semblait-il, un don de séduction apte à réduire les femmes les plus récalcitrantes à leur merci. Pourtant elle n'avait jamais trouvé Lucas particulièrement charmant. Il avait toujours été bourru, brusque et distant avec elle dans le passé. Mais sa manière de gérer sa peur panique face à l'hélicoptère lui avait révélé une facette tendre et pleine de compassion de sa personnalité, tout aussi fascinante qu'un assaut de charme. Peut-être même plus.

Écartant ces pensées dérangeantes, Ruby observa les alentours. Une forêt de pins bordait l'hélistation et semblait s'étendre loin à l'intérieur des terres. En contrebas de la villa – immense –, elle aperçut une longue plage de sable, au commencement de laquelle se trouvait une jetée.

— Cette île est paradisiaque.

— C'est un endroit paisible.

Elle prit le bras de Lucas pour suivre Stavros qui portait leurs bagages, avant de répondre :

— Oui, il respire la sérénité. Enfant, je rêvais d'un lieu à cette image, à l'opposé de ceux où je vivais avec ma mère. Je m'évadais en imagination des chambres infâmes que nous habitions.

— L'idée de ce que vous avez enduré me fait frémir. Certaines personnes ne méritent pas d'avoir des enfants.

Ruby lui signala deux marches sur le chemin.

— J'ai eu de la chance d'avoir ma grand-mère. Et vos parents. Ils étaient gentils avec moi. En particulier votre mère. Il lui arrivait de me laisser essayer ses vêtements et ses bijoux. Je prétendais être une vedette de cinéma. Elle m'avait même donné un bâton de rouge à lèvres écarlate. Grand-mère me l'a enlevé, bien entendu.

Lucas s'arrêta, tourna la tête en direction de la forêt de pins, pensif.

— Ma mère a perdu une petite fille avant ma naissance. Elle l'appelait Sophia. Mon père, lui, trouvait malséant de donner un nom à un bébé mort avant d'avoir vu le jour.

Le cœur de Ruby se serra.

— Je l'ignorais. Comme c'est triste.

Ils repartirent.

— Oui, cela a dû être une terrible épreuve pour elle. Mon père était incapable de compatir, je crois. Il a toujours refusé d'en parler, comme si cette fausse couche n'était jamais arrivée. Je me suis toujours demandé si maman n'était pas déçue de ne pas avoir eu une autre petite fille pour remplacer celle qu'elle avait perdue.

Cette fois, ce fut Ruby qui s'arrêta pour le regarder.

— Mais elle vous aimait, Lucas. Vous n'en doutez pas, j'espère ?

Il haussa les épaules.

— Oui, à sa façon. Malheureusement, elle n'a jamais fait le deuil de sa petite Sophia. Pour ne rien arranger, ma naissance a été difficile, et maman n'a plus pu avoir d'autre enfant après. Elle a souffert d'une longue dépression postnatale. Mon père a alors engagé une nourrice qui s'est occupée de moi jusqu'à mon entrée en pensionnat à l'âge de six ans.

— Je comprends pourquoi vos parents ont eu une relation aussi tumultueuse. Le non-dit devait miner leur couple. C'est bizarre, ma grand-mère ne m'a jamais parlé de cela.

— Beatrice est une gouvernante de la vieille école. Ce qui se passe chez ses patrons reste secret.

Ruby, qui en allant la voir avant de partir avait été très évasive au sujet de son emploi du temps, se demanda ce qu'elle penserait si elle la savait en compagnie de Lucas Rothwell pour une semaine. Rien de très positif certainement.

Préférant ne pas s'appesantir sur la question, elle entraîna Lucas vers la villa.

— Dommage que je n'ai pas été au courant du chagrin de votre mère. J'aurais peut-être pu lui apporter un certain réconfort.

— Vous l'avez fait, croyez-moi. Elle était très heureuse en apprenant que vous veniez vivre à Rothwell Park. Elle serait fière de voir que vous êtes devenue une femme d'affaires reconnue, qui se fixe des objectifs et travaille dur pour les atteindre en dépit des obstacles rencontrés.

— *Vous* avez été mon plus gros obstacle jusqu'à présent, lança Ruby en lui donnant un petit coup d'épaule. Admettez-le.

Il eut un petit rire amusé.

— Mais vous avez fini par gagner.

Ruby n'était pas très sûre de cela...

— Voilà, nous sommes arrivés, lança-t-elle.

Lucas donna les clés à Stavros avec pour instruction de porter les bagages dans les chambres.

Pendant qu'ils attendaient son retour, Ruby observa le site. La villa, de plain-pied, était située sur un grand terrain fraîchement paysagé à une centaine de mètres de la plage. Ses lignes étaient modernes, minimalistes même. Construite en pierres locales, elle était prolongée par une grande terrasse devant une piscine à débordement. Le jardin descendait jusqu'à la mer en paliers édifiés avec les mêmes pierres. Son aspect construit était atténué grâce à une végétation étudiée qui rendait les murets à peine visibles au milieu des arbustes et massifs. C'était une propriété luxueuse et parfaitement intégrée au cadre.

— C'est magnifique, Lucas. Avez-vous dessiné la maison vous-même ?

— Oui, avec l'aide d'un ami architecte.

Stavros, revenu sur ces entrefaites, prit congé d'eux.

— L'emplacement est superbe avec les pins an arrière-plan, reprit Ruby. Et je ne parle même pas de la piscine. Une fois dedans, on doit avoir l'impression d'être dans le prolongement de la mer.

— Je suis heureux qu'elle vous plaise, répondit Lucas en effleurant les arbrisseaux près de l'entrée. Le jardin n'a pas encore atteint sa maturité mais, dans un an ou deux, il sera exactement tel que je l'ai imaginé.

— Je n'en doute pas. Il est déjà très beau, et la maison se fond dans la nature. J'ai hâte de voir l'intérieur.

— Eh bien, entrons. Nous pourrons prendre un rafraîchissement, puis vous visiterez.

— Excellente idée.

Ruby lui emboîta le pas tandis que l'hélicoptère s'envolait dans un vrombissement de moteur. Elle était donc enfin seule avec Lucas pour une semaine. Et sur une île privée, pas moins que ça !

Ils entrèrent dans une vaste pièce, au sol en marbre clair veiné, dotée d'immenses baies vitrées donnant sur la piscine et la mer. Quelques peintures contemporaines égayaient les murs blancs. Un profond canapé de cuir et des fauteuils assortis avoisinaient quelques meubles anciens. Cela créait un parfait équilibre entre le classique et le moderne et donnait du caractère à l'ensemble.

— Je n'en reviens pas ! s'exclama-t-elle admirative. C'est absolument magnifique.

Un sourire éclaira le visage de Lucas. Aussitôt ses traits s'adoucirent, le rendant terriblement séduisant.

— La cuisine est par-là, dit-il en indiquant un couloir

sur la droite. Je ferais volontiers le service, mais cela m'est encore impossible.

— Ne soyez pas ridicule, je suis venue pour ça. Allez plutôt vous installer sur la terrasse. Vous avez besoin que je vous accompagne ?

— C'est inutile, je pense y arriver sans tomber dans la piscine. Je me souviens de la disposition des lieux. Je n'imaginais cependant pas devoir les parcourir à tâtons pour mon premier séjour ici.

— Cela doit être terriblement frustrant.

Et ce d'autant plus qu'il n'était pas certain de retrouver la vue.

— Cela va sans dire, et ma frustration ne s'arrête pas là.

Sa réponse énigmatique la poussa à se demander s'il faisait référence à leur presque baiser à bord de l'hélicoptère. Faute de pouvoir lui poser la question, Ruby gagna la cuisine où elle leur servit deux jus de fruit. À son arrivée sur la terrasse, Lucas était assis sur une des chaises longues à l'ombre d'une avancée du toit. Toujours gentleman, il se leva en l'entendant approcher.

— Avez-vous trouvé ce que vous désiriez ? demanda-t-il en se rasseyant.

— Oui, répondit-elle en posant le plateau sur une table basse entre leurs sièges. Votre personnel a rempli le réfrigérateur. Il y a assez de nourriture et de boissons pour soutenir un siège. Tenez, un jus de pamplemousse. Ça vous convient ?

— C'est parfait. Je vous remercie.

Lucas porta son verre à ses lèvres. Ruby ne pouvait détacher son regard de lui, fascinée par sa bouche sur le bord du verre et par le mouvement de sa pomme d'Adam pendant qu'il buvait. Remarquant ses longs doigts bronzés, elle imagina leur effet sur son corps nu. Le désir déferla dans ses veines jusqu'au plus profond de son intimité. Elle croisa les jambes dans un effort pour le contenir.

— Décrivez-moi ce que vous voyez en cet instant précis.

— Eh bien... En fait, je vous regardais.

Un sourire étira les lèvres de Lucas.

— Et quel est le résultat de votre observation ?

Ruby humecta ses lèvres soudain sèches, puis reposa son verre.

— Vous semblez plus décontracté depuis notre arrivée. Vous souriez même, ce qui ne vous arrive pas souvent.

Une ride lui barra le front.

— Est-il anormal que je ne trouve pas la vie amusante en ce moment ?

— Non, bien sûr. Je comprends que vous soyez frustré et j'ai du mal à imaginer combien il doit vous être pénible de ne rien voir clairement.

— Fermez les yeux et laissez vos autres sens prendre le relais de votre vue.

Ruby obéit. Soudain, les chants d'oiseaux, le bruit des vagues sur le sable ainsi que le bruissement du vent dans les feuilles se firent extraordinairement nets.

— C'est incroyable ce qu'on entend lorsque la vue ne distrait pas notre esprit. Tous les sons semblent amplifiés.

— Sans ouvrir les yeux, venez jusqu'à moi. Ne trichez pas, guidez-vous au toucher ou aux sensations.

Ruby fut heureuse de relever le défi. Cela prouvait à Lucas qu'elle essayait de se mettre dans sa situation pour mieux comprendre son expérience actuelle du monde. Elle avait cependant un avantage, car elle avait vu les lieux et connaissait la place de la table ainsi que son encombrement. La distance jusqu'à la piscine aussi, si par hasard il lui demandait d'explorer l'espace.

Elle avança avec prudence jusqu'à ce qu'elle sente la proximité de ses jambes.

— Prenez mon verre, maintenant, et posez-le sur la table.

Ruby tendit la main à tâtons, rencontra la surface froide du verre et celle plus chaude des doigts de Lucas. Après avoir repéré les contours de la table, elle y posa le verre.

— C'est beaucoup plus difficile que je ne le pensais. Ça demande beaucoup de concentration. J'avais tellement peur de le briser.

— Trouvez ma main à présent.

Recevoir des ordres lui parut étrangement attrayant. Elle chercha sa main, la trouva sur sa cuisse, et la souleva dans la sienne.

— Et maintenant ?

Lucas se leva. À la chaleur émanant de son corps, Ruby le sentit très proche.

— Vos yeux sont toujours fermés ?

Sa voix lui parvint, grave avec une nuance rauque qui la fit frissonner.

— Oui, murmura-t-elle.

Son cœur se mit à battre la chamade, ses jambes se firent instables, et elle sentit une force l'attirer irrésistiblement vers lui.

Il porta une main sur sa joue, explorant les contours de son visage, et de l'autre lui souleva le menton. Du pouce, il lui caressa alors les lèvres. Un fourmillement parcourut la peau de Ruby.

— Vous avez une très belle bouche.

— Comment pouvez-vous dire cela sans la voir ? demanda-t-elle en un souffle.

— Je la sens. Elle est douce, sensuelle, attirante…

La voix de Lucas s'était faite à peine perceptible, ou peut-être les battements de son cœur étaient-ils devenus si forts qu'ils assourdissaient Ruby. Sans parler de l'afflux de sang brûlant dans ses veines qui la déconcentrait.

— Je ne pense pas avoir jamais entendu ces trois mots à mon sujet.

— Je trouve cela difficile à croire.

Quelques secondes de silence suivirent. Elle retint son souffle, comme dans l'attente.

Lucas effleura ses paupières closes.

— Je pensais qu'à ce point vous auriez ouvert les yeux ou tout au moins jeté un coup d'œil.

— J'en suis tentée.

— Moi aussi.

Comme il lui prenait le visage entre ses mains avec une douceur infinie, un frémissement lui parcourut le corps.

— Me demandez-vous de vous embrasser ?

— Je ne vous demande pas de faire quoi que ce soit dont vous n'avez pas envie.

Toute résolution de le tenir à distance déserta Ruby. Abandonnant fierté et réserve, elle passa les bras autour de la taille de Lucas. Dans la seconde suivante, il prit possession de sa bouche. À une exquise douceur succéda la passion. Leurs langues se mêlèrent tandis qu'elle succombait à un assaut de délicieuses sensations.

Laissant alors retomber ses mains, il la saisit par les hanches et la pressa contre lui. Loin de l'effaroucher, le contact de son désir la fit le vouloir avec une intensité encore jamais éprouvée. Elle s'abandonna contre la fermeté de son corps, répondit à son baiser avec ardeur. Pendant quelques minutes, ils explorèrent leur sensualité ensemble.

Brusquement, Lucas la lâcha, puis se passa une main peu assurée dans les cheveux.

— Je ne vous ai pas amenée ici pour vous séduire.

Sa voix était imprégnée d'une colère que Ruby devina plus dirigée contre lui-même que contre elle. Elle dissimula sa déception sous un ton léger.

— Je sais. Vous et moi, ça ne pourrait jamais fonctionner. Je vais aller reconnaître les lieux, ouvrir mes bagages, puis préparer le dîner. Puis-je faire quelque chose pour vous, avant ?

— Non, répondit-il d'un ton sec avant d'ajouter plus aimablement : Merci.

Ruby venait d'entrer dans le salon lorsque Lucas l'appela. Elle se tourna.

— Oui ?

Le visage impassible, il soupira.

— Cela ne se reproduira jamais.

Non, cela ne devait jamais se reproduire, se répéta Lucas tandis que le son des pas de Ruby s'éloignait. Avoir cédé à un instant de folie sensuelle l'enrageait. Même si le goût des lèvres de sa compagne de voyage continuait de lui enflammer les sens, poursuivre ce flirt poussé était inenvisageable. Il n'était pas le prince charmant qu'elle attendait.

Pourtant, Dieu savait combien il la désirait !

Hélas, vouloir ne signifiait pas obtenir. Il était mieux placé que quiconque pour le savoir.

Toute sa vie, il avait pris sa vue pour acquise, sans jamais imaginer un seul instant qu'il aurait pu en être privé – même temporairement. Sa carrière dépendait de sa vision. La carrière qu'il aimait et pour laquelle il avait travaillé dur ne tenait à présent plus qu'à un fil. Il ne pourrait la poursuivre si son état actuel persistait. Pas plus qu'il ne supporterait de voir sa condition étalée dans les journaux.

Les péripéties de la vie amoureuse de ses parents avaient alimenté les colonnes des tabloïdes. L'intérêt des journalistes pour ses propres faits et gestes avait tout naturellement suivi. Ils le traquaient et ne seraient que trop heureux de sauter sur une histoire aussi sensationnelle.

La semaine sur son île privée avait pour but de s'éloigner de Rothwell Park pendant que le château était nettoyé pour accueillir le mariage de Delphine Rainbird. De se reposer, aussi. Certainement pas de se lancer dans une aventure sans lendemain avec Ruby Pennington. Même si son envie en était tellement forte qu'elle avait réussi à ouvrir une brèche dans son armure.

Lucas offrit son visage aux rayons obliques du soleil en train de décroître, huma l'odeur de résine des pins derrière la villa. Cet endroit l'avait d'emblée conquis. Une fois les travaux lancés, ses multiples projets en cours ne lui avaient pas permis d'y revenir aussi souvent qu'il l'aurait voulu. Quelle ironie, à présent qu'il disposait du temps pour y séjourner, de ne pas voir son œuvre achevée. De ne pas pouvoir l'observer dans ses moindres détails. C'était dur pour un homme aussi minutieux que lui...

Même si des milliers de personnes menaient des vies épanouissantes tout en étant aveugles, il ne pouvait se résoudre à être l'une d'elles. Il voulait voir.

Il n'arrivait pas à accepter de ne plus admirer un lever ou un coucher de soleil, ses plantes tant aimées, les paysages, un sourire…

Certes il arrivait à accomplir les tâches les plus élémentaires, mais il voulait retrouver sa vie d'autrefois. Sa liberté d'aller et venir à son gré, son autonomie, son travail. Il se sentait coincé dans un territoire inconnu où rien ne lui était familier et où, pour éviter de sombrer, il ne pouvait qu'entretenir l'espoir de retrouver son existence telle qu'elle était.

Lucas n'avait cependant pas besoin de sa vue pour savoir qu'il avait commis une terrible erreur en emmenant Ruby dans ce lieu isolé. Et pire encore en lui faisant fermer les yeux, prétendre être aveugle afin d'aiguiser ses autres sens. Cela n'avait fait qu'amplifier l'atmosphère sensuelle entre eux. Cette fichue atmosphère qui ne faisait que s'épaissir depuis l'instant où elle était entrée dans la bibliothèque de Rothwell Park pour lui demander de l'autorisation d'y organiser un mariage.

Il aurait dû s'en tenir à son refus initial. Au lieu de cela, il n'avait pas voulu compromettre ses aspirations professionnelles. Tout ça parce que, d'une certaine manière, il se reconnaissait en elle. Ils étaient tous deux aussi consciencieux, acharnés au travail, motivés et déterminés. L'idée de freiner sa carrière l'avait gêné. Et, la propriété devant être vendue, il lui importait peu d'y voir célébrer un autre mariage.

Lucas espérait simplement tenir sa résolution de rester à distance de Ruby pendant les sept jours suivants, sinon il serait en mauvaise situation.

Bien plus mauvaise qu'il n'osait l'imaginer.

6

Après avoir rapidement exploré l'ensemble de la villa, Ruby gagna sa chambre, une pièce plus vaste que son appartement londonien. Son sol, du même marbre veiné que partout ailleurs, la fit penser à une plage de sable fin. Un tapis tissé épais le recouvrait devant le grand lit. Sa décoration dans des tons crème et blanc était à la fois simple et chaleureuse.

Un dressing – bien trop grand pour le peu de vêtements dont elle disposait – la prolongeait sur un côté et conduisait à une salle de bains ouvrant sur un petit jardin clos. Une plante grimpante encore jeune commençait à en couvrir les murs. Au centre se dressait une fontaine en bronze. Le murmure de l'eau qui s'en écoulait donnait l'impression d'être dans un spa. Impression renforcée par la profonde baignoire aux pieds sculptés installée devant la fenêtre ainsi que par l'immense douche à l'italienne. Le reste de l'équipement était traditionnel. La robinetterie en or accentuait la sensation de luxe.

De retour dans la chambre, Ruby ouvrit les baies vitrées donnant sur la terrasse. La brise iodée venue de la mer lui caressa le visage tandis que les légers rideaux de soie voletaient autour d'elle.

Ruby aperçut Lucas, de dos face à la mer, les mains dans les poches de son pantalon. S'en voulait-il encore d'avoir embrassé celle qui s'était autrefois ridiculisée devant lui ? Cette fois cependant, c'était lui qui lui avait demandé de fermer les yeux pour expérimenter le monde selon sa perception.

Elle s'humecta les lèvres tout en se remémorant chaque seconde de cet incroyable baiser. Personne ne l'avait embrassée avec une telle ardeur, une si exquise sensualité. Il avait éveillé en elle un tourbillon de sensations dont la seule évocation la faisait encore frissonner.

Lucas se tourna vers la villa. Même s'il ne pouvait la voir, Ruby suspecta qu'il sentait son regard. Mais comment aurait-elle pu ne pas le regarder ? Il l'avait toujours fascinée. Dans sa naïveté d'adolescente, elle l'avait élevé au rang de demi-dieu, de héros romantique torturé qui avait besoin de trouver *la* femme capable de lui apporter la paix. Elle en l'occurrence.

Du haut de ses seize ans, elle s'était sottement vue dans la peau de son âme sœur. Mais lui ne croyait pas en ce concept. Il avait une vision cynique des relations, à l'opposé de la sienne si optimiste. Alors, un baiser ne signifiait rien, mieux valait s'imprimer cette vérité dans le cerveau sous peine de voir ses espoirs s'envoler une fois de plus et revivre la même douloureuse humiliation. De toute manière, Lucas avait été clair. « Cela ne se reproduira jamais. »

Ruby prit une douche, puis enfila une des robes achetées à l'aéroport. Un modèle bain de soleil à fines bretelles plus adapté au temps chaud que son jean. Puis elle rejoignit la cuisine. Cette pièce aurait fait rêver toute maîtresse de maison avec son équipement à la pointe du progrès.

Une heure plus tard, ses préparations culinaires achevées, elle dressa leur couvert dans la salle à manger. La table, parallèle aux fenêtres avait vue sur la piscine, dont l'eau était éclairée par des hublots lumineux. Au loin, le soleil semblait s'être posé à la surface de la mer, teintant l'horizon de bandes rose orangé. Au-dessus de ces couleurs vibrantes, des nuages sombres s'étaient formés, annonciateurs d'un orage. Ruby entendit d'ailleurs un sourd grondement de tonnerre.

Lucas entra au moment où elle allumait deux grosses bougies au milieu de la table. Il s'était douché et changé. Ses cheveux encore humides rebiquaient sur le col de sa chemise bleu ciel. Il portait un pantalon en toile marine, et ses mocassins en daim dévoilaient la peau nue bronzée de ses pieds. La senteur citronnée de son eau de Cologne chatouilla aussitôt les narines de Ruby.

Bien décidée à agir comme si rien ne s'était passé entre eux, elle lança d'un ton enjoué :

— Le dîner est presque prêt. Voulez-vous prendre un verre en attendant ?

Si lui songeait encore à leur baiser, il n'en laissa rien paraître.

— Très volontiers. Je m'en charge. Que préférez-vous ? Du vin ou du champagne ?

— Du champagne serait parfait.

— Très bien, suivez-moi.

La cuisine ne présentant aucun obstacle, Ruby, consciente que Lucas avait besoin d'indépendance, apporta la touche finale à ses préparations tout en gardant un œil sur lui, prête à intervenir en cas de problème. Il sortit une bouteille de la cave à vin, puis en fit sauter le bouchon. Il promena alors un regard frustré autour de lui.

— Vous allez devoir m'aider à trouver les verres. J'ignore où Iona les a rangés.

Elle sortit deux flûtes d'un placard.

— Et voilà.

Tout en les posant devant lui, elle remarqua une petite entaille sur la peau lisse de sa mâchoire.

— Vous vous êtes coupé en vous rasant.

— Oui, soupira-t-il.

— J'aurais pu vous aider.

Lucas tourna la tête vers elle, un sourire sarcastique aux lèvres.

— Vous auriez aussi pu me frotter le dos sous la douche, mais je ne crois pas que cela aurait été une bonne idée. Qu'en pensez-vous ?

Les joues soudain incandescentes, Ruby eut l'esprit inondé de visions de lui nu sous un jet d'eau. Dans la seconde suivante, elle s'imagina le rejoindre pour partager un moment dont la sensualité rêvée lui embrasa le corps. Un petit démon intérieur lui soufflant de ne pas se laisser impressionner par son ton moqueur, elle décida de faire admettre à Lucas qu'elle l'attirait autant qu'il l'attirait.

— Serait-ce à cause de notre baiser dont vous disiez qu'il ne se reproduira pas, même si vous désirez m'embrasser de nouveau ?

Lucas s'agrippa si fort au comptoir que ses jointures blanchirent.

— Vous devriez avoir la sagesse d'éviter toute relation avec moi. Je ne suis pas le preux chevalier qui vous enlèvera sur son blanc destrier.

— Peut-être pas, mais qu'est-ce qui nous empêche de flirter ?

Le regard de Lucas vira au noir envoûtant, sa voix se fit grave.

— Flirter… Croyez-moi, Ruby, vous ne savez pas dans quoi vous vous engagez. Vous seriez mieux avisée de vous éloigner de moi sur-le-champ.

Au lieu de reculer, elle posa les doigts sur son torse et les fit glisser en pressant juste assez pour qu'il sente ses ongles à travers le tissu de sa chemise.

— Et si je n'en avais pas envie ? Si au contraire j'avais envie de ce dont vous avez aussi envie ?

Lucas tressaillit, mais ne recula pas.

— Je n'ai que des aventures de courte durée, jamais de relations.

Ruby déplaça ses doigts à son avant-bras et suivit le dessin de ses muscles sous sa peau bronzée, satisfaite de le voir retenir son souffle.

— Eh bien, que diriez-vous d'une aventure le temps de notre séjour ici ? demanda-t-elle tout à la fois choquée et fière de son impudence.

Après tout, quel mal y avait-il à dire franchement ce qu'elle voulait ? Elle était peut-être un peu vieux jeu, mais pouvait s'amuser en attendant que son prince charmant se montre – avec un peu de chance dans un futur proche.

Faisant glisser alors ses doigts sur la main de Lucas toujours agrippée au comptoir, Ruby murmura d'une voix que l'émotion rendit rauque :

— Ce qui se passe sur l'île reste sur l'île.

Au bout d'un long silence qui faillit la faire renoncer à toute autre manœuvre séductrice, Lucas la prit par les épaules, puis relâcha sa respiration.

— Ne dites pas que je ne vous aurais pas prévenue quand la semaine sera terminée.

Et il écrasa sa bouche sur la sienne en un baiser explosif. Après une seconde de surprise, Ruby répondit avec une passion équivalente. Les sensations se succédèrent aussitôt en elle à une vitesse vertigineuse, réduisant son corps à l'état de désir brûlant.

Soudain il détacha ses lèvres pour demander :

— Êtes-vous sûre de vouloir poursuivre ?

Sans hésiter, Ruby pressa son corps contre le sien.

— Je ne suis plus une adolescente éblouie, Lucas. J'ai mûri, et je veux faire l'amour avec vous non pas parce que je suis amoureuse, mais parce que nous éprouvons tous deux une forte attirance l'un pour l'autre. Ne pas saisir cette chance serait idiot. Et personne n'en saura jamais rien.

Il la prit par les hanches.

— Très bien, tant que vous acceptez mes règles.

— Vous préféreriez que je signe un accord de confidentialité ?

Voyant alors son expression se figer, elle se hâta d'ajouter :

— Je plaisantais. Décontractez-vous. Je ne vais pas vous supplier de m'épouser. Nous allons simplement nous amuser, histoire de passer le temps.

Il la plaqua alors contre lui en un geste possessif qui la fit frissonner en anticipation.

— Si vous cherchez à vous amuser…

Sans prendre la peine de terminer sa phrase, il l'embrassa avec une ardeur renouvelée tout en laissant échapper un râle dont le son fit chanter le sang de Ruby dans ses veines. Il laissa ensuite ses lèvres glisser jusqu'à son cou, lui mordillant au passage le lobe de l'oreille.

— Vous sentez si bon, Ruby. Et je vous désire tant.

— Moi aussi, je vous désire.

— Cela ne m'avait pas échappé, murmura-t-il contre sa peau.

Au moment où Lucas faisait glisser les bretelles de sa robe le long de ses bras, Ruby retint son souffle. Tandis qu'elle sentait ses lèvres se poser sur le renflement de ses seins, un long frisson lui parcourut le corps. Dans la seconde suivante, il titilla ses tétons dressés sous le léger tissu. Des milliers de sensations fusèrent jusqu'au cœur de son intimité. Elle gémit.

Il arrêta sa douce caresse et prit ses seins en coupe.

— Vous êtes si belle, si parfaite.

Ruby ne s'était jamais considérée comme telle. En fait, depuis l'adolescence, elle souffrait des imperfections de son corps. Des courbes trop marquées à son goût, une légère cellulite sur les cuisses, ainsi que d'autres détails dont elle avait une conscience aiguë. Redoutant que ses partenaires remarquent ces défauts lors de leurs rapports, elle s'était efforcée de tamiser les lumières au maximum et d'activer le processus en feignant l'orgasme afin de pouvoir se couvrir au plus vite. Résultat, la jouissance suprême lui avait toujours échappé.

Avec Lucas cependant, ses inquiétudes s'évanouirent. Il ne voyait ni les petites cicatrices d'acné juvénile sur son visage et ne verrait pas davantage la peau capitonnée de ses cuisses. Il découvrait son corps au toucher, et sa manière de le sentir du bout des doigts était extraordinairement excitante.

— Je veux vous toucher, murmura-t-elle.

Joignant alors le geste à la parole, Ruby défit les boutons de sa chemise. Le torse musclé et bronzé de Lucas s'offrit alors à ses lèvres gourmandes tandis que ses mains en exploraient les contours. Un gémissement rauque accompagné d'un long frémissement récompensa son initiative.

Comme sa bouche descendait vers son ventre, il la souleva, l'assit sur le comptoir puis retroussa sa robe autour de ses hanches. Lui écartant alors les jambes, il se plaça entre elles et, d'une main sous ses fesses, la pressa contre lui. La fermeté de son érection enchanta Ruby. Son désir s'envola vers des hauteurs vertigineuses à la pensée qu'elle le mettait dans un tel état.

Lucas abaissa très vite le décolleté de sa robe, comme si sa maîtrise ne tenait plus qu'à un fil. Dans la seconde suivante, il refermait ses lèvres autour d'un téton tout en pinçotant l'autre. Sous sa bouche et ses doigts experts, elle se cambra, tête rejetée en arrière, le corps agité de frissons, incapable de retenir ses gémissements. Personne ne lui avait prodigué d'aussi délicieuses attentions !

— Il me suffit de vous toucher pour savoir à quel point vous êtes belle, lâcha-t-il en un râle.

— Mon corps ne ressemble en rien à ceux des mannequins, avoua-t-elle.

— Ne soyez pas si dure avec vous-même. Ces jeunes femmes perdent beaucoup de leur charme sans maquillage. Les photos sont toutes retouchées.

Et il prit possession de sa bouche en un baiser qui lui mit les sens en émoi. Avant même qu'elle ait réalisé ce qu'il faisait, Lucas avait déboutonné sa robe, et ses lèvres descendaient le long de son corps.

Faisant fi de toute pudeur, elle l'aida à lui ôter son slip, prête à l'accueillir. Mais, contrairement à son attente, il pressa sa bouche au cœur de sa féminité.

Ruby sursauta, surprise par l'intimité de ce geste.

Une pratique qu'elle avait toujours refusée, mais qui lui parut naturelle avec Lucas. Sous l'action conjuguée de sa langue et ses doigts, son corps s'arc-bouta, frissonna, s'ouvrit. Les sensations déferlaient en vagues successives d'une intensité grandissante. Soudain des soubresauts l'agitèrent, et elle succomba au plaisir en un long cri.

Lucas la serra dans ses bras. Lorsque son corps se fut apaisé, il déclara :

— Vous me semblez troublée.

Ruby pressa son front contre le sien.

— C'est la première fois que l'on me fait... ça. J'ai toujours évité de... m'exposer.

Il recula le visage, comme pour l'observer. Ce qu'il ne pouvait faire, bien sûr, pourtant il devinait probablement son émotion à sa respiration et à mille autres signes.

— Tout en vous est magnifique, Ruby. Vous êtes si sensible. Ignorez-vous combien il est merveilleux pour un homme de voir sa partenaire accueillir ses attentions et y réagir avec autant d'enthousiasme ?

— Je n'ai peut-être pas jusque-là rencontré d'homme assez attentionné. Je m'étais résignée à devoir renoncer au plaisir à vie.

Lucas lui prit le visage entre les mains, en souriant.

— J'ai moi aussi trouvé cela inoubliable.

Ruby fronça les sourcils, confuse.

— Comment ça ? J'ai eu un orgasme, mais pas vous.

— Je peux attendre. Vous vous êtes donné beaucoup de mal pour préparer le dîner. Mangeons, puis nous poursuivrons au lit.

Il pouvait attendre...

À ces mots, les craintes de Ruby lui fondirent de nouveau dessus. Il pouvait attendre, c'était évident ! Son attirance pour elle n'était pas aussi forte que la sienne pour lui. Il ne l'aurait jamais prise pour maîtresse en d'autres circonstances. Ses compagnes habituelles étaient des mannequins, pour la plupart, sans rondeurs ni cellulite, superbes avec ou sans filtres photographiques.

Ruby sauta du comptoir, puis rajusta sa robe.

— Le dîner est presque prêt. Je vais... me rafraîchir.

Mais, comme elle partait, Lucas lui saisit le bras avec fermeté.

— Que se passe-t-il ? Vous êtes perturbée.

Elle se dégagea d'un mouvement brusque.

— Bien sûr que je suis perturbée ! Je pensais que le désir était aussi intense que réciproque. Visiblement, je me suis trompée. Je suis désolée que vous ayez dû me... prodiguer des attentions intimes. Je ne vous importunerai plus, soyez-en certain.

Lucas poussa un profond soupir.

— Je vous désire autant que vous me désirez, peut-être même plus, mais...

— Et voilà ! l'interrompit-elle. J'attendais ce « mais » annonciateur des raisons pour lesquelles toute interaction entre nous n'est pas recommandable. Je suis la petite-fille de la gouvernante, qui en plus vous a embarrassé en vous faisant des avances il y a onze ans. Je suis issue d'un milieu bien inférieur au vôtre. Personne dans vos cercles huppés ne m'accepterait comme votre partenaire. Et je pourrais continuer.

— S'il vous plaît, arrêtez.

Ruby balaya ses larmes d'un battement de cils.

— Je suis ordinaire, pas belle. Et tout le monde sait que vous ne choisissez jamais des filles ordinaires.

Lucas lui saisit les épaules avec une douce fermeté.

— Vous n'imaginez pas à quel point il m'a été difficile de me tenir éloigné de vous depuis l'instant où vous êtes entrée dans la bibliothèque à Rothwell Park. Même si je ne vous voyais pas, je percevais votre présence avec une intensité jamais éprouvée face à quiconque auparavant. Alors, que je sois capable de contenir mon désir ne le rend pas moins fort.

Ruby s'humecta les lèvres, soudain gênée de la violence de ses propos. Expérimenter une intimité aussi extraordinaire l'avait rendue vulnérable, et voir Lucas renoncer si facilement à son propre plaisir l'avait induite en erreur.

— Je l'ignorais. Votre attitude m'a déstabilisée. En fait, j'ai eu très peu d'amants, tous pressés d'obtenir satisfaction et peu enclins à se soucier de la mienne. J'ai donc toujours simulé.

Il lui prit le visage entre ses mains, l'air soudain grave.

— Vous satisfaire est ma priorité. En cas contraire, je ne vois pas où serait l'intérêt de notre... arrangement.

En remarquant sa légère hésitation avant de qualifier leur relation, elle se demanda s'il regrettait de l'avoir invitée sur l'île. Peut-être parce que tout avait changé entre eux. Elle, en tout cas, avait changé. Lui enroulant les bras autour du cou, elle demanda :

— Avez-vous envie de poursuivre ?

— Plus que jamais.

Et abaissant la tête, il lui donna un baiser qui ne lui laissa aucun doute.

Une fois dans sa chambre, Lucas tint Ruby un long moment contre lui, savourant le contact de son corps. Sa manière de se laisser aller sur son torse lui indiquait combien elle le désirait, tout comme sa respiration légèrement saccadée. Son parfum l'envoûtait.

Lui soulevant le menton, il l'embrassa tendrement goûtant avec délice la douceur de ses lèvres. Sa timidité, lorsque sa langue rencontrait la sienne, l'enchanta.

Sans se séparer d'elle, il défit les boutons de sa robe avant de la laisser choir au sol. Regrettant de ne pouvoir voir son corps, il le découvrit au toucher. Ses seins avaient une rondeur parfaite. Abaissant les lèvres, il en titilla chaque pointe à tour de rôle. Ses gémissements amenèrent son corps à un nouveau degré d'excitation.

— J'aime quand vous faites ça, murmura-t-elle.

— J'aime le goût de votre peau.

— Je voudrais goûter la vôtre.

Lucas se débarrassa aussitôt de sa chemise. Les petites mains de Ruby à peine posées sur son torse, il sentit un intense élancement de désir. Comme elle lui embrassait le cou, il tressaillit. Son corps était si tendu que c'en était à la fois délicieux et douloureux.

— Vous allez m'achever si vous continuez de la sorte.

— C'est bon à savoir.

Il devina un sourire à sa voix. Elle était trop charmante pour lui résister. Ce dont d'ailleurs il n'avait aucune envie.

Il avait combattu son attirance pour elle pour éviter de nouvelles complications dans sa vie, mais désormais il comptait profiter de cette semaine ensemble sur l'île. Après, c'en serait fini, comme avec ses autres maîtresses. Le plaisir sans engagement...

Ruby lui enroula les bras autour de sa taille et posa sa joue sur son torse pour murmurer :

— Vous avez encore votre pantalon. J'aimerais vous voir tout entier.

— Très facile, répliqua-t-il avant de se débarrasser en toute hâte du reste de ses vêtements.

Une fois nu, il sentit son regard sur lui. Son cœur battait à tout rompre. Il avait du mal à respirer tant l'anticipation était intense. Pourquoi diable désirait-il Ruby avec une telle ardeur, comme aucune autre femme auparavant ? Était-ce parce qu'il la connaissait, l'avait vue passer de l'enfance à la maturité de femme ?

Sa seule certitude était qu'il était désormais incapable de l'ignorer. Même s'il ne pouvait la voir, il distinguait les douces courbes de son corps, sentait la texture fine de sa peau et savait à quel point elle lui enflammait les sens. Comment avait-il pu penser résister à la toucher quand son corps la réclamait telle une drogue ?

Dans cet état de soudaine dépendance, Lucas se promit de garder une distance émotionnelle comme il l'avait toujours fait. Cette aventure avec Ruby n'avait aucune raison d'être différente, se raisonna-t-il. Une petite voix cependant l'avertissait du danger.

Il l'ignora.

Ruby posa les mains sur son torse et, avec une lenteur proche de la torture, les fit glisser le long de son ventre.

— Vous êtes si… impressionnant, murmura-t-elle d'un ton ébahi.

— Nous prendrons notre temps si vous êtes nerveuse.

— Je ne le suis pas. Vous voir ainsi m'excite.

Et, sans autre préambule, elle enroula les doigts autour de son érection. Lucas tressaillit comme sous une décharge électrique. La sentant entamer un doux va et vient le long de son membre, il l'arrêta.

— Attendez. Il me faut un préservatif.

— Où sont-ils ?

— Dans mon portefeuille. Il doit se trouver sur la table de nuit. Vous le voyez ?

— Oui, je l'ai.

Lorsqu'elle revint vers lui et posa le petit étui dans sa main, il le repoussa.

— Pourquoi ne pas me le mettre vous-même ?

— Bien sûr…

L'emballage déchiré, Ruby déroula le préservatif sur le sexe dressé de Lucas, qui frémit de plaisir. Il la prit par la main et l'attira sur le lit. Une fois allongé sur un coude à côté d'elle, une étrange émotion le submergea. Cédant à une impulsion, il lança :

— C'est la première fois que je fais l'amour depuis mon opération.

Il ne sut ce qui l'avait poussé à lui fournir cette information. Cette fille le troublait tant qu'il lui était difficile de rester sur ses gardes avec elle. Et limiter leur relation au côté physique risquait de l'être davantage encore.

— Êtes-vous nerveux ?

— Pas vraiment. Mais c'est une toute nouvelle expérience puisque je ne peux que vous imaginer.

— Vous seriez peut-être déçu si vous me voyiez. Sûrement même.

— Arrêtez d'être si négative à votre sujet. Vous êtes belle et intelligente. Je l'ai toujours pensé.

— J'ai de la cellulite.

— N'en avez-vous pas toutes ? Cela fait partie de votre féminité.

— Et des cicatrices d'acné.

— Je ne les ai pas remarquées.

C'était en partie vrai. Il ne les avait pas *vues*, mais il

les avait senties. Et en devinait d'autres beaucoup plus profondes d'un type différent résultant de son passé.

— Parce que vous avez fait tout votre possible pour m'éviter depuis cette fameuse soirée.

— J'ai agi ainsi seulement pour vous aider à surmonter votre gêne après mon sermon brutal. En fait, j'évitais surtout d'être à Rothwell Park, en particulier quand mes parents y exhibaient leur joie de vivre une nouvelle lune de miel.

— Donc vous ne vendez pas la propriété à cause de moi ?

— Quelle idée saugrenue ! Ma décision n'a rien à voir avec vous. Je souhaite m'en débarrasser pour pouvoir me concentrer sur mon avenir. Mais, dans l'immédiat, c'est sur vous que je souhaite me concentrer. Je vais vous faire l'amour comme personne ne vous l'a fait auparavant.

Comme, pour toute réponse, Ruby se serrait contre lui, Lucas prit possession de sa bouche. Ses lèvres s'ouvrirent sous les siennes. Il savoura leur douceur puis, après avoir repoussé la jeune femme sur le dos, reporta son attention sur sa poitrine. Ses gémissements étouffés lui enflammèrent le corps. Arrivé à son ventre, il la maintint d'une main tandis que l'autre la préparait à le recevoir.

Au moment même où il pénétrait sa féminité, un frisson parcourut la peau de Lucas, son cœur s'emballa. Ruby enroula ses jambes autour de la taille. Leurs mouvements s'harmonisèrent comme s'ils avaient fait l'amour ensemble toute leur vie. Chacun des soupirs et gémissements de la jeune femme le ravissait, amplifiant son plaisir.

Lorsqu'il la sentit sur le point de succomber, d'un ultime coup de reins, il la transporta dans la jouissance suprême.

Alors, seulement, il s'y abandonna à son tour.

Comblé, le corps encore vibrant, et Ruby serrée dans ses bras, Lucas goûta alors un sentiment de pur bonheur.

Comment avait-il pu faire l'amour si souvent sans jamais l'éprouver ? Il eut l'impression d'être passé dans un univers parallèle où tous ses repères avaient changé, où la rencontre de deux corps ne se faisait plus sur le seul plan physique mais s'étendait à l'esprit.

Il sentit soudain les petites mains de Ruby tracer de doux cercles sur son dos, puis l'entendit murmurer :

— Tu as aimé ?

S'appuyant sur un coude, il lui caressa les cheveux.

— Plus qu'aimé. C'était merveilleux. Et toi ?

Lucas réalisa brusquement que, pour la première fois de sa vie, il n'avait pas envie de rompre la magie de l'instant en se retirant. Comme s'il ne voulait pas laisser Ruby partir. Mais il le devrait, à la fin de la semaine. C'était décidé ainsi.

— C'était divin. Je n'avais jamais éprouvé cela.

Sans rompre l'union de leurs corps, il roula sur le côté et la serra contre son torse.

Bien que pas vieux jeu au point de se préoccuper du nombre de ses amants avant lui, Lucas était troublé de savoir qu'elle venait de vivre une expérience inoubliable.

Mais il en allait de même pour lui...

7

Assise à la table de la salle à manger, Ruby regardait Lucas terminer son dessert. Faire l'amour avec lui avait été extraordinaire. Y repenser la faisait encore frissonner. Elle vit ses doigts se refermer sur le pied de son verre et se souvint de leur contact sur sa peau, du plaisir qu'ils lui avaient donné.

Comme il reposait son verre après avoir bu une gorgée de vin, elle remarqua son expression soucieuse. Regrettait-il déjà la tournure qu'avait prise leur relation ?

— Tu as l'air préoccupé.

Il cilla, comme s'il avait oublié sa présence.

— Excuse-moi, j'étais perdu dans mes pensées. Ce dîner était délicieux. Merci de l'avoir préparé.

— Je t'en prie. Alors, qu'est-ce qui te tracasse ?

Lucas haussa les épaules.

— Les sujets habituels, le travail, comment mon personnel s'en sort, la vente de Rothwell Park.

— Le mariage de Delphine Rainbird aussi, peut-être ?

— Non, pas spécialement. Je t'ai fait une promesse, je l'honorerai, mais ne t'attends pas à m'y voir faire une apparition. J'ai assisté à suffisamment de mariages pour toute une vie.

Il reposa son verre avec une détermination qui semblait destinée à clore le sujet.

Ruby n'en tint pas compte.

— Eh bien, moi, je les adore. Voir deux personnes prononcer leurs vœux est émouvant. Gérer la partie traiteur m'empêche d'en profiter autant que Harper et Aerin, mais j'adore regarder les vidéos après.

— Près de la moitié des mariages se terminent en divorce. Le risque est trop important, si tu veux mon avis.

— Je le sais, mais les couples s'engagent avec des intentions pures, du moins pour la plupart. Ils ne pensent pas au divorce devant l'autel. L'amour ne meurt pas toujours. C'est l'orgueil qui pousse les gens à abandonner au moindre problème au lieu de soigner leur relation.

Lucas lui adressa un sourire cynique.

— Tu es vraiment romantique jusqu'au fond de l'âme.

— Je veux la même chose que tout le monde, ce que ni ma mère ni ma grand-mère n'ont eu. Je veux un amour qui dure, qui se construise et évolue au lieu de décliner. Un amour fait de respect et de bienveillance.

— Eh bien, bonne chance.

Ruby se leva pour débarrasser la table.

— Un jour, tu rencontreras une femme pour qui tu remettras en question tes idées sur les relations. Dire que tu ne crois pas en l'amour revient à tenter le destin.

Il eut un petit rire sarcastique.

— Parce qu'y croire ne le tente pas ? Tu t'exposes à finir le cœur brisé.

— C'est l'éventualité que le tien si soigneusement protégé en prenne un coup qui t'effraie ?

Un long silence suivit sa question, ponctué par un cliquetis de vaisselle.

Lucas finit par se lever.

— J'espère que tu ne fais pas l'erreur de prendre une belle alchimie sexuelle pour plus qu'elle ne représente.

Ruby posa leurs couverts sur les assiettes empilées sans se soucier du bruit.

— Je n'ai pas autant d'expérience que toi en la matière, mais je ne suis pas si stupide.

Ou bien l'était-elle ? Il serait si facile de s'attacher à Lucas, malgré la limite fixée à leur relation. Ce beau ténébreux qui protégeait son cœur d'une armure de cynisme l'attirait irrésistiblement, même si, malgré son éternel optimisme, elle savait combien la séparation risquait d'être douloureuse.

— Je ne veux pas te blesser, Ruby. Tu l'as déjà assez été jusque-là.

— Ne t'inquiète pas de ça. Je suis tout à fait capable de prendre soin de moi. Je l'ai fait pratiquement toute mon existence.

— Je le sais, dit-il en lui posant une main sur le poignet.

Son ton s'était adouci, il porta une main à sa joue et la caressa du bout des doigts.

Ruby sentit son amertume s'évanouir, une sensation à la fois paisible et tendre lui gonfler le cœur.

— Tu es courageuse, forte et résiliente, reprit-il. Tant d'autres se seraient effondrés face aux problèmes que tu as rencontrés, mais tu t'es battue pour obtenir ce que tu voulais de la vie. Je t'admire pour cela.

Lucas l'attira à lui, refermant les bras autour de ses épaules. Elle se laissa aller contre son torse, écouta le battement régulier de son cœur tandis qu'il lui caressait les cheveux.

— Pendant toute mon enfance, seul l'espoir m'a permis

de supporter le manque de confort, de stabilité, d'affection. Je m'accrochais à lui comme à une bouée. Chaque matin, je priais pour que ma mère change son mode de vie et devienne celle dont j'avais besoin. Mes prières n'ont pas été exaucées, mais ma grand-mère a fait tout ce qui était en son pouvoir pour combler mes manques.

Levant alors la tête vers lui, elle ajouta.

— L'espoir était mon moyen de survivre, j'imagine, tandis que le tien est le cynisme.

Lucas lui posa un baiser sur le front, l'expression mélancolique.

— Je n'ai pas toujours été cynique. Je me souviens avoir été un enfant optimiste. Puis les relations tumultueuses de mes parents, leurs promesses non tenues - même envers moi - sont venues à bout de ce trait de caractère. J'ai jugé plus sage de cesser d'espérer et de simplement attendre l'orage suivant.

Il émit un petit rire avant de poursuivre.

— J'essaie de garder l'espoir de retrouver la vue, mais c'est difficile.

Ce devait en effet l'être. Ruby n'avait toutefois pas compris avant cet aveu l'impact de la relation de ses parents dans sa jeunesse sur sa vie actuelle.

Elle lui caressa la joue.

— Dire que je t'enviais de vivre dans un château avec des parents qui t'aimaient.

— Ils ne savaient pas aimer inconditionnellement un enfant. Ils étaient trop égocentriques. Mon père en particulier qui se consacrait à ses affaires sans accorder de temps à quiconque. De plus, ils avaient dû me rêver aussi extraverti qu'eux, or j'étais l'opposé, trop sérieux pour leur goût. La communication entre nous était impossible.

Découvrir ce couple à travers la perspective de Lucas stupéfia Ruby. Elle fut cependant touchée qu'il soit assez à l'aise avec elle pour partager des informations aussi personnelles. Était-il en train d'abaisser sa garde ?

— Je comprends ton amertume. Je voyais tes parents sous leur aspect mondain, j'ignorais tout de votre relation. Et tu n'étais plus un enfant quand je suis arrivée à Rothwell Park. Dire qu'après cela tu dois maintenant gérer la perte de ta vue... J'aimerais pouvoir t'aider en cette période difficile.

Lucas lui adressa un petit sourire.

— Tu m'aides déjà. Bien plus que tu ne l'imagines.

— Alors, tu ne regrettes pas de m'avoir amenée ici ?

Il resserra son étreinte, puis appuya son menton sur sa tête.

— Non. Et toi, regrettes-tu d'être venue ?

— Tu plaisantes ? Une superbe maison sur une île privée au soleil, je n'aurais jamais rêvé vivre cela.

— Et ce qui s'est passé entre nous ? demanda-t-il après un léger silence.

— Certainement pas. Pour la première fois de ma vie, j'ai été comblée.

Lucas lui prit la tête entre les mains.

— Une semaine. C'est tout ce que je peux offrir.

— Je sais.

Quel besoin avait-il de lui rappeler le côté éphémère de leur « arrangement » ? Elle en connaissait les termes et les avait acceptés. De toute manière, il ne changerait pas d'avis sur ce point. Ses réticences étaient trop ancrées en lui. Alors, désirer plus était inutile, même si une petite étincelle d'espoir oscillait dans son cœur.

— Notre relation sera cependant différente à notre retour. Tu dois le comprendre.

— Tu as cette conversation avec toutes tes maîtresses ?

Il fronça les sourcils.

— Non. D'habitude je n'ai pas de relations préexistantes avec elles

— Tu ne couches qu'avec des femmes que tu viens de rencontrer ?

— C'est plus simple. Personne n'a le temps de s'attacher et donc de souffrir.

— Les aventures occasionnelles ont leur charme, mais ne te lasses-tu pas de leur côté impersonnel ? Un rapport limité au côté physique est certes agréable, mais ennuyeux à la longue, tu ne trouves pas ?

— Pas plus ennuyeux que de coucher toute sa vie avec la même personne.

— Comment peux-tu dire cela quand tu n'as jamais eu la même partenaire assez longtemps pour en savoir à peine plus sur elle que son nom ?

Lucas eu un petit rire sarcastique.

— La romantique se réveille en toi. Cessons cette conversation, je ne voudrais pas briser ton rêve. J'espère simplement que tu trouveras cet amour idéal. Si tant est qu'il existe.

— Il existe. Tu parlais tout à l'heure du pourcentage de divorces, mais plus de couples mènent jusqu'à leur mort des vies épanouissantes ensemble, traversent à deux les hauts et les bas de l'existence et s'aiment plus profondément au fil des années.

— En apparence. Les gens préfèrent se vanter d'avoir

réussi leur vie avec leur soi-disant âme sœur que d'avouer la banalité de leur relation, voire ses côtés sombres. On ignore ce qui se passe derrière les portes closes.

Ruby poussa un soupir frustré.

— Tu es la personne la plus cynique que j'aie jamais rencontrée. À mon avis, tu refuses de croire en l'amour parce que tu sais que le trouver puis le perdre peut te blesser profondément. Sache que ce que nous craignons le plus est souvent ce que nous avons besoin d'accueillir afin de nous réaliser pleinement.

Lucas eut un petit sourire.

— Tu as du pain sur la planche si tu t'es mis en tête de me convaincre, Ruby. Je te conseille de ne pas perdre ton temps et ton énergie pour une cause perdue d'avance.

Sur ce, il sortit, laissant Ruby découragée. Avait-elle vraiment pensé pouvoir l'aider à changer ? Lucas avait tant de qualités. Il était généreux, travailleur, se souciait de son personnel, et pourtant il refusait catégoriquement de croire à l'amour durable. D'accord, voir ses parents s'aimer et se déchirer en alternance avait endommagé sa vision de ce si beau sentiment, mais il aurait pu garder l'espoir – comme elle, qui pourtant avait eu une enfance plus chaotique et privée d'affection – de rencontrer l'âme sœur.

Quoi qu'il en soit, la sienne ne serait pas Lucas Rothwell...

Leur semaine sur l'île n'était même pas une aventure passagère, c'était un « arrangement » leur permettant à tous deux d'atteindre leurs buts.

Mais comment ne pas vouloir plus de leur relation ? En lui faisant l'amour, Lucas l'avait éveillée au plaisir, lui avait ouvert un monde de sensualité qu'il lui serait impossible d'atteindre avec un autre homme.

Et elle n'avait envie d'aucun autre que lui.

Lucas marcha jusqu'à la limite de la terrasse. Le tonnerre grondait au loin. Un orage se préparait, mais il était encore trop distant pour qu'il distingue les éclairs. Le temps – au diapason de son humeur – menaçant et lourd d'énergie électrique annonçait un changement dans l'atmosphère qui faisait écho à celui survenu dans ses rapports avec Ruby. Un changement irréversible.

Il avait fixé une limite de sept jours à leur arrangement, mais une semaine lui suffirait-elle à assouvir son désir ou son corps serait-il toujours en feu comme en cet instant ? Le premier jour était presque achevé, or il se projetait dans les suivants.

Il était déjà tenté de repousser la date finale mais ne souhaitait pas que Ruby interprète cela comme la naissance d'une liaison. Le terme venu, elle serait blessée, et c'était la dernière chose qu'il voulait. Elle l'avait suffisamment été par les personnes qui auraient dû la protéger. C'était miraculeux qu'elle n'ait pas fini aussi cynique et désabusée que lui. Mais cela tenait à son espoir obstiné de trouver l'âme sœur, le preux chevalier qui l'enlèverait sur son blanc destrier pour lui offrir l'amour éternel.

Lucas se passa les mains dans les cheveux tout en essayant de ne pas imaginer qui serait cet homme. Il espérait simplement qu'il serait doux et patient avec elle, prendrait le temps de la comprendre, l'admirerait et la respecterait, comme lui-même le faisait, pour avoir surmonté ses débuts difficiles dans la vie.

Le ciel s'illumina devant lui, puis un coup de tonnerre claqua avec force. L'orage se rapprochait de seconde en seconde.

Mais celui qui perturbait tout son être était encore plus puissant.

Au moment où Ruby mettait le lave-vaisselle en marche, un éclair zébra le ciel sombre, suivi peu après d'un claquement de tonnerre qui la fit sursauter. Elle gagna aussitôt la porte de la cuisine.

— Lucas, il est temps de rentrer, tu ne crois pas ? L'orage risque de frapper l'île d'un instant à l'autre.

Il traversa lentement la terrasse.

— C'est l'heure d'aller au lit ?

Comme il s'arrêtait à quelques centimètres d'elle, une expression impénétrable sur le visage, une onde brûlante lui parcourut le corps.

— Tu veux que je dorme dans ma chambre ou…

La fin de sa phrase resta en suspens dans l'air, avec son espoir.

Lucas lui prit une main qu'il porta à ses lèvres. Son baiser presque aérien la fit frissonner.

Une pointe d'amusement dans la voix, il demanda alors :

— Ou… ?

— Ou dans la tienne.

D'une main au bas des reins, il l'attira contre lui.

— Qu'en penses-tu ?

Son regard brûlant lui ramollit les jambes.

— À mon avis, il serait logique de profiter le plus possible de notre temps ici.

— Exactement ce que je pensais, répliqua-t-il un sourire indolent aux lèvres.

La saisissant alors par les hanches, il la pressa contre son érection et prit possession de sa bouche en un long baiser. Leurs langues s'enlacèrent. Le sang de Ruby se mit à pétiller dans ses veines jusqu'au cœur de sa féminité.

Un second éclair déchira la nuit juste au-dessus de leurs têtes. Presque simultanément un coup de tonnerre fracassa le silence. Loin de les arrêter, le déchaînement des éléments ne fit qu'amplifier leur désir.

Lucas fouilla sa bouche avec ferveur, accentuant la pression de son corps contre le sien. Ruby savoura son goût et son odeur.

S'arrachant à ses lèvres, il fit alors courir ses dents et sa langue de la base de son oreille à son épaule, laissant dans le sillage de ses lèvres une trace incandescente sur sa peau.

— As-tu déjà fait l'amour au cœur d'un orage ?

Sa voix rauque fit frissonner Ruby.

— Non, et toi ?

— Pas que je me souvienne, répliqua-t-il avant de lui mordiller le lobe de l'oreille. Mais, d'abord, nous devons nous protéger.

Ruby leva les yeux vers le ciel.

— Tu crois qu'on pourrait être foudroyés sous l'auvent ?

— Je parlais de préservatif. Toutefois, je dois admettre que faire l'amour avec toi me donne un peu l'impression d'être foudroyé.

Un petit rire radieux échappa à Ruby.

— Je te retourne le compliment. Je ne sais pas si mon corps s'en remettra.

Lucas lui prit aussitôt le visage entre les mains. Un pli soucieux lui barrait le front.

— Ai-je été trop intense ? Es-tu endolorie ?

Qu'il se préoccupe de son état la toucha tant qu'elle eut du mal à dissimuler son émotion. Un doux sentiment lui fit palpiter le cœur. Se souvenant s'être promis de ne pas laisser les sentiments poindre pendant la durée de leur « arrangement », elle se hâta de l'étouffer.

— Non, pas du tout. Je voulais dire que faire l'amour avec toi était une expérience merveilleuse, très différente de ce que j'avais connu jusque-là.

Et quelles étaient ses chances de trouver une si parfaite alchimie avec un autre ? Au mieux, restreintes. Même en faisant appel à tout son optimisme, Ruby n'imaginait pas rencontrer un partenaire qui comble ses besoins de manière aussi absolue.

Soudain l'évidence l'aveugla. Elle n'avait jamais cessé d'aimer Lucas. Au lieu d'être anéanti après la semonce qu'il lui avait infligée, son engouement d'adolescente avait mûri en amour. Un amour qui ne transformait pas ses défauts en qualités, mais les acceptait comme faisant partie intégrante de lui.

Or lui ne l'aimait pas. Lucas refusait d'aimer quiconque. Pour se protéger de tout sentiment, il avait tissé une épaisse carapace autour de son cœur…

Elle remarqua alors que le pli de son front s'était estompé, sans toutefois disparaître, puis que son regard semblait focalisé sur un point sans substance. C'était là son expression typique lorsqu'il réfléchissait intensément à un problème qui le tracassait.

— Promets-moi de ne jamais te contenter de second choix dans tes futures relations, dit-il. Ton plaisir est aussi important que celui de tes partenaires et ne devrait jamais lui être sacrifié pour ménager leur ego de mâle.

— Je sais, mais il m'était difficile d'être à l'aise avec les hommes que j'ai connus. Les rapports doivent s'améliorer avec le temps et la connaissance de l'autre, j'imagine. Je n'en ai pas fait l'expérience car aucun ne m'a donné envie de faire l'effort.

Lucas lui serra les épaules.

— J'espère que tu en rencontreras un qui en vaudra la peine. Je déteste l'idée de te savoir malheureuse.

Il soupira avant d'ajouter :

— Et, pire, d'être celui qui te rendrait malheureuse.

— Notre arrangement est limité dans le temps, je le sais. Tu n'as nul besoin de me le rappeler.

Il lui adressa un sourire énigmatique.

— Peut-être que ce n'est pas à toi que je le rappelle, répliqua-t-il d'une voix rauque.

Et il prit ses lèvres avec une douceur toute nouvelle. Ruby les lui abandonna, le cœur battant à tout rompre. Lucas serait-il en train d'envisager d'étendre la durée de leur arrangement ?

Que valait-il mieux ? Le lui demander ou le laisser réaliser qu'une semaine était trop courte pour profiter pleinement de leur si merveilleuse alchimie ?

8

Allongée sur un lit bain de soleil au bord de la piscine, Ruby regardait Lucas fendre l'eau en un crawl parfait. En athlète consommé, il enchaînait les longueurs à un rythme régulier, comptant ses mouvements pour évaluer l'approche du bord opposé. Là, il effectuait un virage culbute puis, se propulsant d'un puissant coup de pied, repartait dans l'autre sens.

Elle ne se lassait pas d'admirer son corps élancé. Sa peau, déjà mate avait pris une chaude teinte dorée en quatre jours. Celle de Ruby, en revanche, était toujours aussi pâle car elle restait à l'ombre d'un parasol et, étant donné ses capacités limitées en natation, se contentait de barboter dans la partie peu profonde du bassin pour se rafraîchir.

Une fois chaque point de la liste de l'entrepreneur minutieusement examiné, ils avaient consacré leur temps au repos et au plaisir. Ruby appréciait ce changement de rythme après des mois de travail acharné.

Elle n'avait jamais vu Lucas aussi décontracté. Par moments, elle le surprenait le regard perdu sur l'horizon, sourcils froncés. Il s'inquiétait apparemment de son avenir professionnel au cas où sa vue ne reviendrait pas, mais lorsqu'elle l'encourageait à en parler il se hâtait de changer de sujet.

Il était chaque jour en contact téléphonique avec ses employés – des appels réduits au minimum – et passait le reste du temps avec elle. Ils faisaient de longues promenades sur l'île, parfois emportaient un pique-nique pour déjeuner dans une crique qu'ils aimaient, puis rentraient profiter de la soirée dans le confort de la villa. Il la questionnait sur son agence, s'intéressait à la manière dont ses amies et elle souhaitaient la développer. Quant à l'issue de leur relation, il n'y avait plus fait allusion depuis la nuit d'orage.

Lucas vint s'accouder au bord de la piscine face à elle.

— Viens me rejoindre, ça te rafraîchira.

— Ça fera plutôt grimper ma température, lança-t-elle en riant.

Il lui décocha un large sourire, ses dents ressortant encore plus blanches sur sa peau bronzée.

— Dépêche-toi.

Loin de l'ennuyer, son ton impérieux provoqua en Ruby un délicieux frisson.

— Non, tu ne peux pas me forcer.

— Tu crois ça ?

La douce menace sous-jacente à ses paroles fit s'emballer son pouls. Avant même qu'elle n'ait eu le temps de le prévoir, Lucas s'était propulsé hors de la piscine et penché sur elle. Les gouttes d'eau ruisselaient de son corps sur le sien.

— Arrête, tu me mouilles, dit-elle en roulant sur le côté pour se lever.

Mais il plaça les deux mains à plat sur le matelas, l'emprisonnant de ses bras.

— C'est le but recherché. J'adore que tu sois mouillée pour moi.

Un frémissement parcourut la peau de Ruby. Le cœur battant, elle fixa les contours finement sculptés de sa bouche. Une bouche qui avait exploré les coins les plus intimes de son corps et lui avait procuré un incommensurable plaisir. Lui entourant le cou de ses bras, elle alla à la rencontre de ses lèvres.

— Je te veux.

— Je te veux encore plus.

Elle tendit une main vers son short de bain. Un sourire mutin lui monta aux lèvres.

— Qui donc t'a mis dans un tel état ?

— Toi seule.

Lucas se releva, ajusta le lit de plage en position allongée, puis, après avoir écarté les jambes de Ruby, s'agenouilla entre elles et défit les deux petits nœuds qui sécurisaient son bikini. Il posa alors la bouche sur son intimité, l'embrassa, la titilla, la tortura jusqu'à ce que ses jambes se mettent à trembler. Les maintenant en place, il s'appliqua à la conduire à l'extase.

Lorsque les spasmes de son corps se furent apaisés, Ruby sauta à bas du lit de plage.

— Je ne peux pas te laisser me faire perdre la tête sans te rendre la pareille. Allonge-toi.

Lucas prit la place qu'elle venait de libérer.

— Devrais-je être nerveux ?

— Absolument.

Il mima un frisson spectaculaire.

— L'attente est excitante…

Elle le fit taire d'un baiser, puis laissa glisser sa bouche le long de son cou. Arrivée à son torse, elle lui taquina la peau du bout des lèvres tandis que ses doigts jouaient avec la fine toison qui la recouvrait. Comme elle s'aventurait plus bas, la respiration de Lucas s'accéléra, se suspendant au moment où elle atteignit son nombril.

— C'est un véritable supplice..., murmura-t-il en s'agrippant au matelas.

— C'est le but recherché, répliqua-t-elle en reprenant ses termes précédents.

Ruby lui plaqua une main sur la hanche puis, décrivant de petits cercles avec sa langue, descendit de son nombril à la lisière de son short de bain. Avec une lenteur voulue, elle le lui ôta, puis murmura son appréciation face à l'intensité de son désir.

— Que faire maintenant ? demanda-t-elle tout en promenant un doigt léger le long de son érection.

Un spasme agita le corps de Lucas. Ruby prit l'extrémité de son sexe dans sa bouche, le caressa de la langue, enchantée d'entendre ses râles étouffés. Mais plus encore de le satisfaire comme elle n'avait jamais satisfait un autre. Cette faveur, qui lui avait toujours paru trop gênante, lui sembla naturelle avec Lucas. Elle aima la douceur de sa peau, son goût.

Comme elle descendait et remontait le long de son sexe, prodiguant ses caresses avec une attention de plus en plus soutenue, les râles de son amant s'accentuèrent. Ruby ne s'arrêta qu'au moment où elle goûta son plaisir. Du coin de l'œil elle suivait l'expression de ses émotions sur son visage, l'agonie, l'extase, la libération et enfin la détente.

Lucas ouvrit les yeux, leva une main et lui caressa la joue.

— C'était merveilleux. *Tu* es merveilleuse.

Ruby dissimula sa joie sous un haussement d'épaules nonchalant.

— Je ne m'en suis pas trop mal sortie pour une novice, j'imagine.

Il fronça les sourcils.

— Es-tu en train de me dire que tu n'avais jamais fait ça ?

— Oui. Tu es le premier homme à qui j'ai eu envie de le faire. Cela ne m'avait jamais tentée avant.

Lucas se passa une main dans les cheveux, l'air songeur.

— Ce n'est pas une expérience que je suis près d'oublier.

Après avoir laissé échapper un soupir tremblant, il ajouta :

— À vrai dire, il y a beaucoup de choses arrivées ces derniers jours que je n'oublierai pas.

Elle s'assit de biais face à lui et lui caressa le bras.

— Le temps est passé si vite…

— Oui…

Le silence tomba entre eux. Les pensées tourbillonnaient dans la tête de Ruby, mais elle attendit, préférant laisser Lucas parler le premier.

— Merci d'être venue passer cette semaine avec moi. J'avais vraiment besoin d'un temps loin de tout pour faire le point sur mon avenir. Si tu n'étais pas arrivée à Rothwell Park pour me demander le château pour le mariage de Delphine Rainbird, je serais probablement encore en train de me morfondre là-bas.

— Pourquoi m'as-tu demandé de t'accompagner ici ?

— Pour m'aider à passer en revue la finition des travaux…

Il secoua alors lentement la tête comme s'il cherchait les mots appropriés.

— Je n'avais pas prémédité d'engager une quelconque intimité entre nous, reprit-il en lui effleurant la cuisse d'un doigt. Du moins, pas consciemment. Mais je n'ai pas pu résister à mon envie de t'embrasser. Ensuite, l'attirance étant là, réciproque, j'ai pensé que c'était l'occasion idéale de s'accorder une courte aventure.

— Parce que c'est une aventure, maintenant ? le taquina Ruby. Je croyais qu'il s'agissait d'un « arrangement ».

— Je ne sais plus comment l'appeler, dit-il en lui caressant la lèvre du pouce, l'air songeur. Tu es très différente de mes anciennes maîtresses.

— Peut-être parce que je n'ai jamais défilé sur un podium, et que je n'ai aucune chance de le faire un jour.

Lucas lui prit une main qu'il serra.

— S'il te plaît, cesse de te déprécier. J'ai connu des femmes superbes qui m'ont profondément ennuyé au bout de quelques secondes. Toi, tu es à la fois belle *et* intéressante. Et si sexy que j'ai du mal à garder les mains loin de toi, ajouta-t-il en lui caressant la joue.

Mais la trouverait-il aussi belle le jour où il aurait recouvré la vue ? Même avec de l'imagination ou de la bienveillance, elle n'entrait pas dans la même catégorie que les partenaires habituelles de Lucas, songea-t-elle tandis que ses inquiétudes refaisaient surface en force. D'ailleurs, si Lucas la trouvait irrésistible à ce point, pourquoi avait-il fixé d'emblée une date d'expiration à leur relation ?

Un petit soupir échappa à Ruby.

— Tu fais du bien à mon ego. Je ne pense pas avoir entendu autant de gentils qualificatifs à mon sujet de toute ma vie.

— Même si ta grand-mère n'est pas du style à prodiguer des compliments, elle t'aime et est très fière de toi.

— Je sais, malgré ça une partie de moi ne se sent pas digne d'être aimée. Si ma propre mère ne pouvait pas m'aimer, qui le pourrait ?

— Après ce que tu as vécu, je comprends ton sentiment, mais tu ne dois pas laisser l'incompétence parentale de ta mère façonner ta vie. Elle était peut-être incapable de t'aimer – toi ou quiconque. D'autres en revanche le sont.

Pas lui, cependant… Lucas lui portait une certaine affection, appréciait sa compagnie, mais il ne l'aimait pas comme elle souhaitait l'être. Voir la relation amoureuse houleuse de ses parents lui avait-il donné une vision si négative de l'amour qu'il ne puisse jamais la réviser ?

La sonnerie de son téléphone interrompit la réflexion de Ruby.

— Un appel pour moi. Je ferais bien de le prendre, c'est peut-être ma grand-mère.

Elle se précipita vers la terrasse où était resté son appareil.

— Bonjour, Aerin.

— J'ai des nouvelles, une bonne et une mauvaise. Laquelle veux-tu en premier ?

— Commence par la pire.

— Delphine veut avancer le mariage.

Ruby réprima un soupir angoissé.

— À quand ?

— Le week-end qui vient.

— Tu veux dire *ce* week-end ? C'est une plaisanterie ?

— Non, hélas. Le début de tournage de son film a été avancé, et elle tient à être mariée avant, or on est libres. Nous allons devoir travailler jour et nuit pour que tout soit prêt à temps, mais nous en sommes capables. Harper et moi sommes d'accord pour relever le défi.

Ruby n'en doutait pas. Aerin avait une liste de fournisseurs assez étendue pour trouver le personnel nécessaire en dernière minute, et Harper s'adaptait toujours. Mais Lucas accepterait-il ce changement ? Organiser son équipe traiteur en urgence l'obligeait à prendre le premier vol pour l'Angleterre le lendemain matin. Et elle devrait s'assurer que l'entreprise de nettoyage ait laissé Rothwell Park impeccable...

— Quelle est la bonne nouvelle ?

— Delphine s'est engagée à nous verser trente pour cent du prix initial en plus pour nous dédommager. C'est énorme. Je lui ai dit que nous devions en discuter avec toi avant de confirmer.

— Ne pas accepter serait un suicide professionnel. Dis-lui que je suis d'accord.

Sa conversation terminée, Ruby rejoignit Lucas. Allongé sur le lit de plage, mains derrière la tête, il offrait son visage au soleil. Elle s'assit à côté de lui.

— Alors ? Comment va Beatrice ?

— Ce n'était pas ma grand-mère, mais Aerin. En raison d'un changement de date de tournage, Delphine doit avancer celle du mariage à ce week-end. Je suis donc obligée de rentrer demain matin. Je sais que nous devions passer la semaine entière ensemble, mais je ne peux pas faire autrement.

Lucas s'assit et lui prit le visage entre ses mains. S'il était déçu d'abréger leur séjour, son expression n'en montrait rien.

— Je vais appeler Stavros pour qu'il vienne nous

chercher à la première heure. Pourras-tu faire tous tes préparatifs en si peu de temps ?

— Oui, je pense. J'ai l'habitude de travailler dans l'urgence. De toute manière, j'avais déjà prévu le buffet, les menus, l'organisation en cuisine et la disposition. Toutefois, même si connaître Rothwell Park dans ses moindres détails me facilite la tâche, ce changement de date en dernière minute ajoute un défi.

Il sourit tout en traçant le contour de ses joues du bout des doigts.

— Tu es très capable de le relever. Je n'en doute pas une seconde.

— Je suis désolée d'écourter notre temps ensemble, mais…

Lui capturant les mains, Lucas entrelaça ses doigts aux siens.

— Nous n'avons pas à l'écourter.

Ruby déglutit nerveusement. Lucas était-il prêt à continuer leur relation ? Un fol espoir lui emballa le pouls.

— Que veux-tu dire ?

— Nous pouvons poursuivre notre arrangement.

Son cœur manqua un battement.

— Jusqu'à quand ?

— Laissons la durée indéterminée pour l'instant. La vente de Rothwell Park sera finalisée dans quelques semaines, donc je vais devoir déménager. De ton côté, tu seras déjà rentrée à Londres.

Son espoir s'éteignit aussi vite qu'il était arrivé. Bien sûr, elle repartirait seule. Même si elle l'idée de jouer les prolongations lui plaisait, l'issue de leur relation restait la même, or elle voulait plus que quelques jours supplémentaires en compagnie de Lucas.

— Où vas-tu t'installer ?

— Ça dépendra.

— De si tu retrouves la vue ?

Le visage de Lucas s'assombrit.

— Oui…

Ruby lui caressa la joue.

— Tu dois en entretenir l'espoir. Elle ne reviendra peut-être pas aussi vite que tu le souhaites, mais laisse le temps faire son œuvre.

— Oui, il ne me reste qu'à attendre et voir…

Sa phrase s'acheva sur un sourire ironique, comme s'il avait fait un jeu de mots non intentionnel, et il ajouta :

— Ou pas.

Ruby fut soulagée de voir que l'équipe de nettoyage avait accompli un miracle. Le château étincelait de propreté, et le parc avait retrouvé sa splendeur initiale. Les haies avaient été taillées, et il n'y avait plus la moindre mauvaise herbe en vue. Même le temps s'était mis d'humeur festive. Bien que l'air soit encore frais, pas un nuage n'assombrissait le ciel et un soleil éclatant projetait ses rayons à travers son bleu azuré.

Sa grand-mère, qui était sortie de l'hôpital le surlendemain de leur départ pour l'île, séjournait chez une amie dans le Lake District où elle appréciait ce repos bien mérité. L'équipe de traiteurs devait arriver le lendemain ainsi qu'Aerin et Harper. Ruby avait donc une dernière soirée seule avec Lucas avant le début de l'activité frénétique.

Qu'il ait prolongé la durée de leur relation la réjouissait. Peut-être avait-il commencé à développer des sentiments pour elle. Au vu de sa tendresse et de son attention lorsqu'il lui faisait l'amour, il était difficile de ne pas en entretenir l'espoir.

Leur alchimie sensuelle était divine, mais Ruby trouvait aussi de plus en plus agréable la simple compagnie de son amant. Leurs longues discussions à table ou pendant leurs promenades à travers l'île l'enchantaient. Le fait que Lucas lui confie aussi son inquiétude concernant son avenir professionnel au cas où sa vue ne reviendrait pas la faisait se sentir encore plus proche de lui, presque autant que de ses deux meilleures amies, Aerin et Harper.

Après avoir partagé pendant seulement quelques jours une relation si épanouissante, Ruby n'imaginait pas reprendre sa vie de célibataire. Elle espérait de tout son cœur que leur liaison durerait et, peut-être, se prolongerait indéfiniment.

Lucas s'étant installé dans la bibliothèque pour passer ses coups de fil journaliers à ses employés, Ruby prépara un plateau de thé.

— C'est l'heure de notre pause thé, lança-t-elle en entrant.

Il se détourna de la fenêtre pour lui adresser un sourire.

— Tu le prends avec moi ?

— Oui, autant profiter de notre solitude, car demain le château grouillera de monde. Je te remercie d'avoir accepté ce changement de programme. Et plus encore de nous laisser utiliser Rothwell Park. Grâce à toi, notre rêve d'organiser un événement de cette importance se réalise.

Son sourire se fit grimaçant.

— Tant que tu ne me demandes pas de faire une apparition, tout va bien. Les mariages me donnent la chair de poule.

Il prit la tasse qu'elle lui tendait, la remercia, puis attendit qu'elle se soit assise pour en faire autant.

Ruby remarqua alors son air soucieux et son doigt qui tapotait nerveusement le rebord de sa soucoupe.

— Quelque chose te tracasse ?

— Des problèmes de travail. Un projet aurait besoin de mon attention personnelle, mais je ne peux rien faire dans mon état actuel.

— J'imagine à quel point cela doit être frustrant. J'aimerais tant pouvoir t'aider.

— Tu m'as déjà aidé plus que je ne puis l'exprimer.

Il soupira, posa sa tasse sur la table, puis se renfonça dans son fauteuil avant de poursuivre.

— La patience n'a jamais été mon fort.

Ruby s'approcha et lui passa une main dans les cheveux. Il l'attira sur ses genoux.

— Tu es très douée pour me distraire.

— Vraiment ?

Il lui posa un doux baiser sur les lèvres.

— Oui. Tu le sais, d'ailleurs.

— J'avoue que tu es doué pour ça aussi.

— Raison supplémentaire pour que je reste loin de toi pendant tes préparatifs pour la cérémonie.

Ruby lui repoussa les cheveux sur le front.

— J'aimerais que tu fasses la connaissance d'Aerin et que rencontres de nouveau Harper.

— Pourquoi ?

— Parce que nous utilisons ta demeure familiale, et mes amies souhaitent te remercier de ta générosité.

Lucas fit descendre Ruby de ses genoux, puis retourna se planter devant la fenêtre.

— Tu peux me remercier de leur part.

— Elles aimeraient le faire elles-mêmes.

Les traits de Lucas se tendirent.

— Que leur as-tu dit à notre sujet ?

— Rien.

— Comment as-tu expliqué notre séjour sur l'île ?

Ruby s'humecta les lèvres.

— Je leur ai dit que tu m'avais invitée à la découvrir et que c'était une occasion inespérée pour moi de prendre des vacances. Je ne leur ai parlé ni de ton problème de vision ni de notre aventure. En vérité, toutes deux m'avaient mise en garde contre une relation avec toi.

— Tu aurais peut-être dû en tenir compte.

— Oui, j'aurais peut-être dû.

Le cœur serré, elle rassembla leurs tasses sur le plateau. Qu'il la repousse la peinait, mais il lui était impossible de regretter les journées magiques vécues avec lui. Elle les garderait à jamais imprimées dans sa mémoire.

Lucas quitta soudain la fenêtre, et la fit se retourner pour qu'elle se trouve face à lui.

— Je suis désolé de me montrer si peu sociable. J'apprécie que tu aies caché ma condition à tes amies. Je ne supporte pas d'inspirer la pitié.

Ruby entoura sa taille de ses bras et posa la tête contre son torse.

— Je comprends. J'agirais probablement de même dans une situation similaire.

Il la tint un long moment, serrée contre lui, avant de lui soulever le menton comme s'il voulait déchiffrer son expression. Elle apprécia qu'il ne le puisse pas car lui dissimuler ses sentiments devenait de plus en plus difficile. Ruby savait désormais qu'il ne s'agissait pas d'un engouement passager. Cette fois, elle éprouvait un attachement profond. C'était une sensation extraordinaire mais aussi douloureuse, car elle avait très peu de chances qu'il tombe amoureux d'elle, elle en était consciente.

Lucas abaissa alors la tête et prit sa bouche avec une telle douceur qu'elle sentit son cœur fondre. Dès que leurs langues s'enlacèrent son sang se déversa, brûlant dans ses veines, jusqu'à son intimité.

— Je ne cesse de te désirer, murmura-t-il d'une voix rauque contre ses lèvres d'un ton qui trahissait sa frustration.

— Je te veux moi aussi, si fort que c'en est douloureux.

Il lui saisit alors la tête à deux mains pour approfondir son baiser. Ses lèvres tour à tour douces et persuasives, puis dures et insistantes, passèrent de sa bouche à son cou. Un frisson secoua le corps de Ruby, mais déjà il reprenait possession de sa bouche tandis que ses doigts défaisaient avec une hâte fébrile les boutons de son chemisier. Il finit alors de la déshabiller et l'aida à lui ôter ses vêtements.

Une fois qu'ils furent nus, il prit un préservatif dans la poche de son pantalon.

— Tu avais tout prévu, dirait-on.

— J'ai appris à toujours être prêt pour toi. Tu me mets les sens en feu en un éclair.

Lucas saisit alors la pointe d'un de ses seins entre ses lèvres, fit tournoyer sa langue autour tout en titillant l'autre sans merci. Ruby gémit sous cet assaut de caresses sensuelles, se cambra contre lui.

L'entraînant alors sur le grand tapis qui recouvrait le plancher devant la cheminée, il demanda :

— Tu préfères monter dans la chambre ? Mon lit est plus confortable.

— Non, je ne peux pas attendre.

De toute évidence, lui non plus car, dans la seconde suivante, il se positionnait entre ses jambes et la pénétrait d'une longue poussée.

— C'est si bon d'être en toi…

Il entama alors un lent va-et-vient, qui se fit de plus en plus rapide. Ruby accompagnait chacun de ses mouvements avec ardeur. Lucas lui glissa les mains sous les fesses pour la posséder plus profondément tandis que leur rythme s'emballait puis culminait dans une explosion de plaisir. Celui de Lucas s'accompagna d'un long cri qui résonna dans les profondeurs de la bibliothèque, puis il s'effondra sur elle.

Ils reposèrent ainsi quelques minutes, le temps que leur souffle s'apaise.

— Je ne suis pas trop lourd ?

— Non.

— Tant mieux parce que tu m'as tellement épuisé que je ne peux pas bouger.

Ruby lui caressa le dos, tandis qu'un sourire béat fleurissait sur ses lèvres.

— Je suis ravie de savoir que j'ai un tel effet sur toi car tu as le même sur moi.

Ils restèrent un instant, enlacés dans un paisible silence, puis Lucas se redressa sur un coude. Il lui caressa la joue, le visage soudain sérieux.

— J'aimerais tellement te voir plus distinctement.

Ruby sentit son cœur se serrer.

— Je devine ton sourire ou ton humeur à ta voix. Je connais la douceur de ta peau, celle de tes cheveux et chaque courbe de ton corps, mais je suis encore incapable de distinguer tes traits.

Elle lui caressa les lèvres du bout des doigts.

— Mes taches de rousseur se sont accentuées au soleil depuis notre séjour en Grèce.

— À quel endroit ?

— Sur mon nez !

Lucas inclina la tête pour déposer un baiser dessus.

— J'ai toujours trouvé tes taches de rousseur adorables.

Il lui embrassa alors les joues puis le coin de la bouche avant d'ajouter :

— En fait, je trouve terriblement attirante chaque partie de toi.

Et il prit à nouveau possession de sa bouche.

Lucas se réveilla au petit matin après une nuit de profond sommeil. Pelotonnée contre lui, la tête au creux de son épaule, Ruby dormait encore.

Il caressa la peau soyeuse de son épaule et enfouit son nez dans ses cheveux pour respirer leur parfum, qu'il trouvait toujours aussi enivrant. À vrai dire, il trouvait tout enivrant en elle. En particulier l'enthousiasme avec lequel elle répondait à ses ardeurs. Et, au lieu de diminuer, son désir d'elle ne faisait que croître.

Du coup, il avait fait une chose inédite : en plus de prolonger leur aventure, il ne lui avait pas fixé de limite. Auparavant, même s'il n'avait jamais averti une maîtresse de la durée de leur liaison, il avait toujours su qu'elle serait courte.

Avec Ruby, il avait ignoré toutes ses règles de séducteur de passage, pour profiter d'une relation telle qu'il n'en avait jamais connu.

Et il n'arrivait pas à comprendre pourquoi il agissait ainsi. Était-ce parce qu'elle n'était pas une jeune femme rencontrée dans un bar ou lors une soirée qui souhaitait seulement passer du bon temps ? C'était une explication plausible. Le fait de la connaître depuis très longtemps jouait certainement un rôle dans son attitude et ne l'aidait pas à décider d'un délai.

Était-ce parce qu'il n'avait jamais connu une telle alchimie sexuelle ? C'était là un facteur non négligeable.

Ou était-ce parce qu'il ne pouvait pas la voir, mais seulement la toucher, la goûter et la sentir ? C'était possible puisque ses autres sens s'étaient aiguisés. Il se demanda alors s'il expérimenterait des sensations aussi extraordinaires en faisant l'amour avec d'autres femmes, qu'il retrouve la vue ou pas.

À ce point de ses réflexions, Ruby émit un petit murmure et se nicha davantage contre lui.

Lucas sentit son torse s'épanouir et une étrange sensation de chaleur lui envelopper le cœur.

Des signaux d'alarme se mirent à clignoter dans son esprit, l'avertissant de ne pas s'attendrir, de garder le contrôle de la situation et de se souvenir que le propre d'une aventure sans lendemain était de se terminer à plus ou moins longue échéance.

Mais Lucas savait déjà tout cela. Il gardait le contrôle de la situation. Avoir prolongé sa relation avec Ruby n'avait rien d'inquiétant. Il allait profiter plus longtemps de leur merveilleuse entente physique sans s'engager autrement.

Il maîtrisait toujours ses émotions.

Tomber amoureux, c'était pour les autres, pas pour lui.

Ruby était adorable, rafraîchissante et extraordinairement

sexy, mais lui n'allait pas se transformer soudain en prince charmant.

Ni à présent, ni jamais.

C'était impossible.

9

Le lendemain matin, Ruby accueillit ses amies et associées à Rothwell Park ainsi que son équipe traiteur. Cette dernière installée dans la cuisine, elle entraîna Aerin et Harper dans un petit salon pour faire le point sur les préparatifs autour d'une tasse de thé accompagnée de pâtisseries.

— Celles-ci ont l'air délicieuses, dit Harper en prenant l'une des minitartelettes que Ruby avait préparées au saut du lit. J'ai trop faim pour penser à mon régime.

Aerin éclata de rire.

— Tu n'as vraiment pas besoin de régime. Je te trouve éblouissante. Ton teint est éclatant et tes cheveux sont extraordinairement brillants.

— Aerin a raison, intervint Ruby. Tu n'as jamais été aussi belle.

Harper se resservit tout en agitant un doigt en direction de son amie.

— Je pourrais en dire autant de toi. Quatre jours sur une île privée en compagnie de Lucas Rothwell ont l'air de t'avoir fait un bien fou. Alors, quand allons-nous le voir ?

Et elle mordit à pleines dents dans sa seconde tartelette avec un plaisir évident.

Ruby leva un sourcil fataliste, espérant que ses joues n'allaient pas la trahir en s'enflammant.

— Il n'est pas d'humeur très sociable en ce moment. Après avoir vu ses parents se marier et divorcer trois fois, il a développé une sainte horreur des mariages.

Faute de pouvoir mentionner le problème de vue de Lucas, c'était la seule façon d'expliquer son désir de totale solitude.

Harper, sentant visiblement anguille sous roche, fronça les sourcils et lui lança un regard pénétrant.

— Toi, ma petite, tu nous caches quelque chose. Allez, dis-nous ce qui se passe réellement.

Ruby se resservit une tasse de thé, histoire de détourner les yeux.

— Je ne vois pas de quoi tu parles. Il ne se passe rien du tout.

— Soit, intervint Aerin, les yeux brillants d'intérêt. Mais raconte-nous comment était ton séjour sur l'île ?

— Merveilleux. Sa villa est somptueuse. Il a une immense piscine à débordement qui surplombe la mer. Les jardins n'ont pas encore atteint leur maturité mais seront magnifiques. L'île possède plusieurs plages de sable fin, une forêt de pins qui couvre une bonne partie de sa surface et même une jetée où amarrer les bateaux de ses visiteurs. Je vous montrerai les photos plus tard. Pour l'instant, passons donc en revue le programme du mariage.

Plutôt fière d'avoir détourné la conversation, Ruby attrapa sa tablette. Parler de sa relation avec Lucas était impossible sans trahir ses sentiments pour lui. Or ses amies l'avaient déjà mise en garde contre le risque de tomber amoureuse d'un homme qui ne voulait pas s'engager.

Harper cependant, pas décidée à en rester là, darda sur elle un regard soupçonneux.

— D'accord, tu étais dans un endroit paradisiaque, mais as-tu couché avec son propriétaire ?

Cette fois, les joues de Ruby s'enflammèrent.

— Ce n'est pas le sujet. Le mariage est demain, concentrons-nous.

— J'en étais sûre ! s'exclama Harper triomphante. Vous avez fait l'amour. Je savais que tu serais incapable de lui résister. Je t'avais pourtant avertie.

L'air soudain inquiète, Aerin demanda :

— Et tu... continues ?

Ruby poussa un profond soupir.

— On pensait avoir une brève aventure limitée à notre séjour sur l'île mais, comme nous avons dû rentrer plus tôt à cause du changement de programme de Delphine, on...

— Vous avez poursuivi ici, termina Harper à sa place. Il s'agit de ta vie, Ruby, et de ton cœur, mais je ne vois pas d'issue heureuse à votre relation. Surtout s'il refuse d'être vu avec toi en public dans la propriété.

Aerin la regarda, l'air pensif.

— Tu es amoureuse de lui, n'est-ce pas ? Je veux dire, *vraiment* amoureuse. Ce n'est plus un simple béguin d'adolescente.

Ruby renonça à dissimuler.

— Je crains, malgré tous mes efforts pour me persuader du contraire, l'avoir toujours été.

Consciente de la compassion muette de ses amies, elle fixa un instant sa tasse avant d'avouer :

— Lucas n'éprouve pas les mêmes sentiments envers

moi, donc cela restera une aventure sans lendemain. De toute façon, c'est là son seul type de relations.

— Je connais ce genre d'homme inaccessible, soupira Harper en levant les yeux au ciel. C'est dur de tomber amoureuse de l'un d'eux. Parfois, je me demande si nous, les filles passées par des foyers d'accueil, n'y sommes pas prédestinées. Les personnes que nous aimions lorsque nous étions petites ne nous aimaient pas comme elles auraient dû le faire. Résultat nous nous attachons à des hommes qui, comme elles, sont incapables de nous retourner nos sentiments, de nous aimer de la manière dont nous voudrions l'être.

Soudain confuse, Ruby fronça les sourcils.

— Es-tu en train de dire que tu es amoureuse de Jack Livingstone ?

Un rapide battement agita les paupières de Harper, puis elle ouvrit grand les yeux et fit une grimace horrifiée.

— Bien sûr que non !

— Moi, intervint Aerin, je vous trouve un peu dures envers Lucas et Jack. Tous les play-boys ne restent pas célibataires à vie. Certains s'attachent. Mon père, par exemple. Dès que ce séducteur notoire a rencontré ma mère, il n'a plus pensé qu'à une chose : lui passer la bague au doigt. Et ils sont encore aussi amoureux qu'au premier jour.

Elle esquissa un sourire rêveur avant d'ajouter :

— Ne serait-ce pas merveilleux si nous trouvions chacune un tel partenaire ?

— Personnellement, je suis très bien toute seule, déclara Harper. C'est peut-être hypocrite de la part d'une photographe de mariage, mais je ne veux pas me compliquer la vie en la faisant tourner autour d'un homme qui s'attend à me voir lui apporter sa pipe, son journal et ses pantoufles chaque soir à son retour du travail.

— La plupart ont évolué au-delà de ce cliché, lui fit remarquer Aerin en riant.

Elle reprit alors d'un ton plus posé :

— Tu es la seule à pouvoir décider de ce que tu souhaites faire, Ruby, cependant je trouve positif que Lucas veuille poursuivre votre relation.

— Je sais... Hélas, tout comme Harper, j'ai passé ma vie à espérer pour être chaque fois déçue. Lucas a toujours été d'un naturel très introverti mais, pendant nos quelques jours sur l'île, il s'est ouvert à moi. Il m'a parlé de ses parents, de leur relation tourmentée et de son enfance. J'ai aussi partagé avec lui des choses que je n'avais confiées qu'à vous. Aussi, j'ai l'impression de le connaître sur un plan plus intime.

— Après avoir couché avec lui, tu ne peux guère faire plus intime.

— Désolée, Harper, je crois que si. L'intimité physique n'implique pas une intimité morale, crois-en mon expérience. Je n'ai jamais été aussi à l'aise qu'avec lui, et je pense que c'est réciproque.

— Es-tu assez à l'aise avec lui pour lui demander quels sont ses sentiments envers toi ? demanda Aerin.

— Je ne sais pas...

Ruby se demanda quelle serait la réaction de Lucas face à une telle question. Un rejet aussi brutal que celui qu'il lui avait infligé onze ans auparavant ? C'était probable. Il lui avait énoncé ses règles d'emblée et ne les avait pas changées. Enfin, si, un peu. Et c'était ce « peu » qui nourrissait son espoir.

Mais espérer qu'il lui ouvre son cœur n'était-il pas vain ?

Lucas se trouvait dans son bureau lorsque Ruby lui monta son dîner. Bien que sa vue se soit très peu améliorée, il distingua sa robe bleu ciel ajustée qui épousait les courbes de son corps. Une robe qu'il aurait plaisir à lui enlever plus tard…

Comme elle posait le plateau sur un coin de sa table de travail, son parfum fleuri assaillit ses narines. Aussitôt ses sens furent en fête.

— Tes amies sont bien installées ?

— Oui. J'ai mis Aerin dans la chambre bleue et Harper dans la jaune. Elles auraient aimé te rencontrer, mais je leur ai expliqué que, les mariages t'horripilant, tu n'étais pas d'humeur très sociable. C'est la seule excuse qui m'est venue à l'esprit.

Il se sentit presque coupable de protéger son intimité de manière si intraitable. Par chance, Ruby le comprenait, ce qui le soulagea.

— Je t'en remercie. Tu as bien fait. Je préfère passer pour asocial que révéler ma situation.

Il entendit le plancher craquer et devina qu'elle passait d'un pied sur l'autre. Un signe de gêne ou d'indécision chez elle, avait-il appris à comprendre.

— Je leur ai parlé de notre petite aventure. Je suis désolée, c'était contraire à nos règles. Mais, rassure-toi, elles ne l'ébruiteront pas. Dans notre métier, la discrétion est impérative.

Lucas étouffa le juron qui lui montait aux lèvres et fit pivoter son fauteuil pour faire face à Ruby.

— Était-ce vraiment nécessaire ? Tu aurais pu passer ce point sous silence dans la mesure où elles ne sont là que pour quelques jours.

— Ce n'est pas la question. J'ignore quel est ton degré

d'intimité avec tes amis, mais nous sommes très proches toutes les trois, aussi il m'était difficile de la leur cacher. De toute façon, elles l'avaient compris. Du moins, Aerin.

— Et d'où lui vient cette clairvoyance ?

— Une relation physique épanouissante se reflète sur la personne. Je l'ignorais. Elles, en revanche, ont d'emblée remarqué le changement en moi.

Conscient, à son ton sec, de l'avoir blessée, Lucas se leva, s'approcha de Ruby et lui caressa les épaules.

— Je suis désolé d'être si susceptible et de défendre mon intimité avec tant d'acharnement. Je me suis toujours efforcé de garder ma vie privée hors de la presse. Je ne me terre pas dans mes appartements parce que je ne veux pas être vu avec toi. Tu comprends cela ?

— Oui, marmonna-t-elle.

Il lui souleva le menton, regrettant de ne pouvoir lire ses émotions sur ses traits.

— En es-tu bien sûre ?

— En vérité, je ne suis pas certaine qu'être vue avec toi me soit bénéfique non plus.

— Que veux-tu dire ? demanda-t-il visiblement stupéfait.

— Je travaille dans l'industrie des mariages. Avoir une aventure avec un play-boy qui admet ouvertement ne jamais avoir l'intention de s'engager ne donne pas une image idéale de moi sur le plan professionnel.

D'accord, il était adepte des relations de courte durée, pourtant Ruby l'ensorcelait. Elle l'enfiévrait corps et âme au point de lui faire oublier toutes ses raisons de la tenir à distance. La preuve, il cherchait déjà un moyen de prolonger leur liaison. Pas indéfiniment, bien sûr, mais plus longtemps qu'il n'en avait l'habitude. Il commençait même à trouver difficile de s'imaginer faire l'amour avec une autre. Cela ne lui était jamais arrivé auparavant. Jusque-là, il se lassait vite de ses maîtresses, et l'attrait de découvrir un nouveau corps le poussait à les quitter.

Mais pas cette fois. Cela le perturbait profondément. Il devait se ressaisir, contrôler son besoin d'elle avant qu'il ne devienne ingérable. Une aventure de quelques mois était envisageable, mais pas plus.Il n'était pas question de tomber amoureux.

— Allons, j'ai peine à croire que les gens puissent te reprocher de t'amuser un peu, dit-il en lui serrant les épaules.

Bien mal lui en prit car Ruby se rapprocha, et il sentit la chaleur de son corps enflammer le sien.

— Est-ce tout ce que je suis pour toi ? Un amusement ?

Lucas lui prit la tête entre ses mains.

— Tu es beaucoup plus que ça.

Et sa bouche irrésistiblement attirée se posa sur ses lèvres. Elles avaient un goût de fraise. Il se demanda alors s'il serait capable de manger à nouveau ce fruit sans penser à elle...

Non, il n'était pas en train de tomber amoureux. Il était simplement la proie d'un désir de plus en plus difficile à maîtriser.

Et, autant qu'il puisse en juger, elle aussi.

Le matin du mariage de Delphine Rainbird, Ruby se réveilla dès les premières lueurs du jour. Après avoir installé son équipe dans la cuisine, elle inspecta le château. Le hall, les escaliers et les couloirs étaient emplis de compositions florales élaborées. La salle de bal où devait avoir lieu la réception était féerique. Des pétales de roses blancs et rouges parsemaient les longues nappes amidonnées des tables. Les chandeliers et l'argenterie étincelaient. Tout était parfait.

Elle aurait souhaité que Lucas puisse admirer leur travail, mais savait que, même s'il avait pu le voir, il l'aurait évité. Tout ce qui touchait à un mariage, surtout à Rothwell Park, lui rappelait les unions successives de ses parents et le cortège de douleur et d'amertume qui les suivaient.

Ruby s'apprêtait à quitter la pièce lorsque Harper arriva, son appareil sophistiqué en bandoulière.

— C'est superbe. Je venais faire quelques photos avant d'aller rejoindre Delphine et ses demoiselles d'honneur pour immortaliser leurs préparatifs. Une chance que le temps soit au beau fixe.

— Oui, mais Delphine est si heureuse que la pluie ou même la neige ne réussirait pas à doucher son enthousiasme.

— Miguel me semble lui aussi enchanté, dit Harper tout en effectuant quelques réglages sur son appareil.

— C'est vrai.

Ruby se pencha pour ramasser un pétale égaré et huma le parfum typique des vieilles roses anglaises.

— Tu vas bien ?

Elle reposa le pétale sur la table la plus proche avant de répondre à son amie.

— Oui, très bien. Je suis juste un peu fatiguée. J'ai à peine fermé l'œil cette nuit.

— Laisse-moi deviner. Ce n'est pas la nervosité de voir un imprévu gâcher la fête qui t'a tenue éveillée, mais l'extraordinaire talent de Lucas Rothwell au lit. Vous avez fait l'amour toute la nuit, j'imagine.

Ruby sentit ses joues virer à l'écarlate.

— Je sais que tu n'approuves pas, mais cet homme m'attire comme un aimant.

Harper soupira.

— Je connais ce sentiment. J'ai éprouvé exactement le même avec Jack. J'ai encore de la peine à croire que j'ai eu une aventure d'une nuit avec lui. Et à un mariage par-dessus le marché ! Un événement au cours duquel j'étais censée travailler sans relâche au lieu de batifoler avec le témoin du marié.

Elle leva les yeux au ciel avant de poursuivre :

— T'ai-je dit que j'avais oublié une bouche d'oreille dans sa chambre d'hôtel ?

— Non. Tu l'as récupérée ?

— Je n'ai pas pu car il insiste pour me la rendre en main propre.

— Tu veux que j'aille la chercher pour toi ?

Harper prit le temps de faire quelques clichés avant de répondre.

— Je lui ai suggéré cette possibilité, mais il ne veut rien entendre. C'est moi ou personne. Comme je n'ai aucune intention de le revoir, j'ai dit adieu à ma paire de boucles préférée.

Ruby connaissait Harper depuis suffisamment longtemps pour savoir à quel point elle était capable de se montrer entêtée une fois qu'elle avait pris une décision.

— Tu es dure avec Jack, mais avec toi-même aussi. Tu te prives d'une rencontre dont tu meurs d'envie avec un homme séduisant à l'extrême.

— J'ai appris à résister aux hommes séduisants à l'extrême.

— Eh bien, tant mieux pour toi, répliqua Ruby, je n'y arrive pas encore.

Malgré l'épaisseur des murs du château, Lucas entendait la fête qui battait son plein dans la salle de bal. Avec le brouhaha et la musique, le souvenir des mariages de ses parents revenait le hanter. Si c'était ça l'amour, des montagnes russes sentimentales, très peu pour lui !

Un léger coup frappé à la porte le mit sur le qui-vive. Ses instructions à Ruby avaient pourtant été claires. Personne ne devait pénétrer dans ses quartiers privés. Surtout pas un des journalistes chargés de couvrir l'événement. Il suffisait que l'un d'eux ait vent de sa condition pour qu'elle soit étalée en première page des publications dès le lendemain. Pourquoi diable avait-il autorisé ce fichu mariage ? Il aurait bien dû se douter que quelqu'un finirait par s'aventurer à la découverte du château.

La voix de Ruby, interrompit ses réflexions.

— Lucas, c'est moi. Je t'apporte un dîner.

Il poussa un soupir de soulagement et alla déverrouiller la porte. Mais il était en proie à une multitude d'émotions dérangeantes, la vulnérabilité étant en tête de liste.

Ruby entra chargée d'un plateau d'où s'élevaient de délicieux arômes. L'eau lui monta à la bouche. Pourtant, plus que de nourriture, c'était de sa compagnie qu'il avait besoin. Depuis le brunch qu'elle lui avait apporté en coup de vent en milieu de matinée, il ne l'avait pas revue, et les heures lui avaient paru affreusement longues. Il s'était si bien habitué à avoir en permanence Ruby à ses côtés que cette séparation lui avait été pénible. Constatation qui l'avait ennuyé car d'ordinaire Lucas appréciait sa solitude. Résultat, il s'en était voulu de cette dépendance.

Il s'écarta pour la laisser poser son plateau sur la table.

— C'est gentil, mais ne devrais-tu pas être en train de travailler ?

— Mon équipe a la situation bien en main.

Lucas aurait aimé pouvoir en dire autant de ses émotions de plus en plus hors de contrôle qui l'empêchaient de penser clairement.

— Tu vas bien ?

Il se passa une main impatiente dans les cheveux.

— Évidemment. Même si une fichue célébrité se marie en faisant autant de bruit que mes parents. J'espère qu'elle a établi un contrat prénuptial en béton, car nous savons tous deux comment ça va se terminer.

— Elle l'a fait, répondit Ruby calmement. Tu as dû entendre parler de Drake Cawthorne, le célèbre avocat londonien spécialisé dans les divorces. Il est expert aussi en la matière, et ami avec le frère aîné d'Aerin. C'est lui qui l'a établi. Mais, étrangement, c'est Miguel qui a insisté pour le faire. Ses possessions et revenus étant de très loin inférieurs à ceux de sa femme, cela prouve à quel point il l'aime.

— Tu crois ça ?

— Dans le fond, je n'aurais peut-être pas dû me soucier de te monter un dîner.

— Je suis désolé, Ruby. En entendant frapper à la porte, j'ai cru qu'un journaliste avait réussi à me trouver. Pendant mon enfance et mon adolescence, la presse m'a maintes fois traqué dans l'espoir d'obtenir une déclaration exclusive sur la relation de mes parents. Je détestais cette attention, ces intrusions dans ma vie. L'idée que cela puisse recommencer dans ma situation actuelle m'a paniqué. Tu peux imaginer combien il est détestable de se sentir acculé et incapable de t'échapper.

— Je me suis assurée que tes appartements étaient inaccessibles. Tous les accès en sont verrouillés. Je ne voulais pas t'inquiéter, j'ai seulement pensé que tu devais commencer à avoir faim.

— C'est le cas, répondit-il en l'attirant contre lui. Nous nous sommes pas mal dépensés cette nuit. Et, à ce sujet, je n'aurais pas dû te faire veiller si tard. Tu dois être fatiguée.

Elle enroula ses bras autour de son cou.

— Ça va, je tiens encore debout.

Dès qu'il eut posé ses lèvres sur les siennes, elle répondit à son baiser avec une ardeur qui lui mit le corps en émoi. C'était si bon de retrouver son goût, la douceur de sa peau, de sentir son besoin de lui. Si extraordinaire que Lucas dut se faire violence pour rompre le contact.

— Alors, que m'as-tu apporté ? Ça sent délicieusement bon.

Elle se libéra de ses bras.

— Un repas gourmet. J'ai pensé que nous pourrions dîner ensemble au champagne ici.

Au cliquetis de métal, il devina qu'elle ôtait les cloches argentées qui recouvraient leurs assiettes. Il l'entendit ensuite remplir les flûtes et prit celle qu'elle présentait devant sa main.

— Que fêtons-nous ? demanda-t-il sans parvenir à réprimer son cynisme. Un autre mariage à Rothwell Park dont les chances d'échec sont au-dessus de la moyenne ?

Ruby poussa un profond soupir.

— Écoute, Lucas, je sais que les mariages réveillent tes

angoisses mais, si tu pouvais voir à quel point Delphine et Miguel sont amoureux l'un de l'autre, tu leur souhaiterais un bonheur éternel.

Lucas posa sa flûte sur la table.

— C'est bien là le problème. Je ne le vois pas. Je ne vois même rien du tout, or je désire voir de tout mon cœur.

Et, de frustration, il se passa les deux mains dans les cheveux. La peur d'être aveugle à vie lui broyait la poitrine. Il avait besoin de ses yeux pour son travail tant aimé.

Ruby posa sa flûte à son tour, l'enlaça et se pressa contre son torse.

— J'aimerais tant pouvoir réaliser ton souhait d'un coup de baguette magique.

D'une main distraite, Lucas lui caressa les cheveux tandis que l'émotion l'assaillait.

— Je ne crois ni à la magie ni aux miracles, grommela-t-il entre ses dents serrées.

Ni en l'amour, ajouta-t-il en son for intérieur.

Pourtant, il eut l'impression que la solide carapace qui protégeait son cœur se fendillait. Celle-là même qu'il avait crue impénétrable.

En fait, son armure entière le lâchait. Un boulon qui sautait par-ci, une plaque qui glissait par-là… Cela avait commencé le jour où il avait avoué à Ruby sa panique à l'idée de ne jamais retrouver la vue. Si cela continuait, il allait se retrouver totalement exposé.

Entièrement vulnérable.

— Mais, moi, je crois à la magie et aux miracles, répondit Ruby. C'est peut-être suffisant.

— Non, ça ne l'est pas.

Sur ces mots, il la lâcha puis fit le tour de sa table de travail. Prendre ses distances était le seul moyen de contrôler son besoin incessant de l'attirer à lui, de la laisser s'infiltrer en lui. Il devait être capable de se maîtriser comme avant.

Reprenant sa flûte, Lucas la vida d'un trait.

— Tu devrais redescendre, Ruby. Je ne suis pas d'humeur à faire la fête.

La musique et le joyeux brouhaha montant du rez-de-chaussée ne l'aidaient pas à égayer ses pensées. Par trois fois il avait été témoin de telles réjouissances. Ensuite, la période d'euphorie passée, il ne restait qu'amertume, espoirs déçus, sanglots et tristesse dans le château.

Comme Ruby le rejoignait et lui posait une main au creux des reins, une décharge électrique lui traversa le corps.

— J'ai le temps, ils n'ont pas besoin de moi en bas. Tu me disais être affamé, or je le suis également. Pourrions-nous dîner ensemble ?

Lucas se retourna et fixa l'ovale pâle de son visage. Elle avait eu une dure journée et avait pris la peine de lui apporter un repas gourmet, le moins qu'il puisse faire était de le déguster avec elle.

Il lui caressa la joue du bout des doigts.

— On dirait que j'ai du mal à te dire non.

Elle lui posa une main sur le torse.

— Et il semble que j'ai le même problème. Alors, qu'allons-nous faire ?

La voix de Ruby se termina en un murmure. Elle avait levé la tête vers lui. Lucas sentit son souffle lui caresser la peau. Le désir le foudroya.

— Nous pourrions commencer par cela.

Et il posa ses lèvres sur les siennes.

10

Ruby vida le reste de la bouteille de champagne dans leurs flûtes. Après avoir fait l'amour sur le canapé de Lucas, tous deux avaient fini par succomber au repas qu'elle avait monté.

Ils trinquèrent, puis burent une gorgée du liquide pétillant.

— Veux-tu danser ?

— Maintenant ? demanda-t-elle surprise.

— Oui, on entend la musique.

Et lui tendant une main, il l'attira dans ses bras. Ils évoluèrent quelques secondes au rythme d'une ballade romantique.

— Tu devras cependant m'excuser si je t'écrase les pieds, murmura-t-il.

— Je ne pense pas que cela arrive.

Il y avait plus de chance qu'il lui piétine le cœur. Préférant ne pas y penser en cette minute, elle savoura le parfum grisant de son eau de toilette mêlé à l'odeur de sa peau, consciente d'être légèrement grisée par le champagne.

— C'est tellement agréable, murmura-t-elle.

— En effet. Je vais peut-être devoir réviser mon préjugé

contre les mariages. Celui-ci est le meilleur de tous ceux auxquels j'ai en quelque sorte assisté.

— Tu as assisté à beaucoup ?

— Quelques-uns. Je m'y suis ennuyé à mourir.

— Les couples sont-ils toujours ensemble ?

— Non, un seulement.

— Oh...

Lucas s'arrêta soudain de danser pour demander :

— Quand rentres-tu à Londres ?

Ruby sentit son cœur se serrer. Bien sûr, elle allait devoir quitter tôt ou tard cette bulle de bonheur. Hormis dans les contes de fées, les aventures avaient toutes une fin, en particulier celles qualifiées dès leur début de passagères...

— Je ne sais pas. Nous avons un autre événement à Gloucester, le deuxième week-end après celui-ci.

Elle ne put en dire plus sans trahir ses sentiments ainsi que son fragile espoir qu'il les lui retourne.

— J'ai réfléchi à ce qui allait se passer ensuite entre nous.

Le cœur de Ruby fit un petit bond dans sa poitrine.

— Avant que tu vendes le château ?

— Justement, à propos de la vente...

— Tu as changé d'avis ? l'interrompit-elle.

— Non, pas du tout.

Elle poussa un soupir triste.

— Pourquoi fais-tu une telle fixation sur cette propriété, bon sang ? Je t'ai déjà dit qu'elle recelait de mauvais souvenirs pour moi. Elle représente un fardeau dont j'ai hâte de me débarrasser.

— C'est le seul foyer que j'ai connu, enfant, tu le sais.

Le premier endroit où je me suis sentie en sécurité. Je déteste l'idée de ne plus pouvoir y revenir.

Lucas passa derrière son bureau, comme s'il voulait rétablir une barrière entre eux.

— Je suis certain que tu pourras revenir. Jack Livingstone compte transformer le château en hôtel boutique. Tu pourras peut-être même avoir un tarif préférentiel si ton amie Harper le lui demande gentiment. N'ont-ils pas un passé ensemble ?

Ruby le fixa sidérée.

— Ton acheteur est Jack Livingstone ?

— Oui, le propriétaire de la chaîne d'hôtels.

— Je sais qui il est. Suis-je autorisée à partager cette information avec Harper, ou est-elle confidentielle ?

Lucas haussa les épaules, l'air soudain las.

— Dis-le-lui, si tu en as envie. Ça ne fera pas de différence, maintenant. J'ai signé le contrat électroniquement ce matin. En fait, ça m'a arrangé que Delphine Rainbird avance la date. J'ai pu conclure l'affaire plus vite.

En plus d'avoir du mal à s'habituer à l'idée que Lucas ne serait plus le propriétaire des lieux, Ruby ne comprenait pas que cela ne le touche pas du tout. Personne ne se dépossédait de sa maison d'enfance sans émotion.

— Quand comptes-tu déménager ?

— Bientôt.

— Dans combien de temps exactement ?

Elle scruta son expression à la recherche d'indice trahissant un quelconque émoi. Seules deux rides autour de sa bouche indiquaient sa tension.

— Ne t'inquiète, nous pourrons toujours nous voir à Londres.

Il rabattit alors les manches de sa chemise sur ses avant-bras, avant d'ajouter :

— Si tu as encore envie de poursuivre notre arrangement, bien entendu.

Son ton inquiéta Ruby. Il semblait aussi détaché qu'en parlant de vendre sa propriété familiale. Combien de temps comptait-il accorder à leur « arrangement » ? Et pourquoi l'avait-elle laissé lui en dicter les conditions ? Après tout, elle avait mis son travail entre parenthèses pour entamer une aventure sans issue sérieuse.

Au moins, il avait été honnête d'emblée. D'une honnêteté brutale, même. C'était elle qui avait rêvé d'une fin de conte de fées. Tout comme, adolescente, elle s'était imaginé vivre à jamais avec un Lucas Rothwell éperdument amoureux d'elle.

La bouche soudain sèche, elle répliqua :

— Je ne vois pas bien ce que tu me proposes. Cet arrangement me semble… Comment dire ? Temporaire.

— Il l'est. À quoi t'attendais-tu ?

Un étau broya la poitrine de Ruby, si fermement qu'elle eut du mal à respirer.

— Eh bien, après cette semaine ensemble, je me suis demandé si notre relation n'avait pas pris une tournure différente. Si tu n'avais pas changé.

Lucas poussa un soupir.

— Que voudrais-je changer ?

— Je parlais de tes sentiments pour moi.

Un silence pesant s'abattit sur la pièce. Lucas le rompit par un juron étouffé.

— Ce genre de phrase me donne une impression de déjà-vu. Le champagne a dû te monter à la tête si tu as cru à une évolution sur ce plan. Tu connaissais les règles, je t'avais dit à quoi t'attendre.

Déjà-vu ! Quelle cruauté de lui rappeler son embarrassante initiative d'adolescente. Ignorait-il combien le souvenir de s'être ridiculisée de la sorte à l'époque était encore mortifiant ? Elle se ridiculiserait davantage en lui révélant ses sentiments en un tel moment. Mieux valait tout arrêter et partir la tête haute.

— Si tu n'y vois pas d'inconvénient, je pense que nous devrions mettre un terme à notre arrangement ce soir.

— Comment ça, ce soir ?

Ruby se demandait si la nuance stupéfaite de sa voix était réelle ou si elle l'avait imaginée, quand il insista.

— Pourquoi ce soir ?

— Nous avons tous deux atteint nos objectifs. Le mariage de Delphine s'est parfaitement déroulé, et tu as vendu Rothwell Park. Nous pouvons donc nous séparer sans ressentiment. Cela aurait été pire si l'un de nous avait éprouvé un sentiment indésirable

Lucas fronça les sourcils.

— De quoi parles-tu ?

— De tomber amoureux.

Il resserra les doigts sur le dossier de son fauteuil et laissa tomber d'une voix impassible.

— Effectivement. Arrêtons tout de suite.

— Avant de partir, je tiens à te remercier de nous avoir accordé la jouissance du château sans frais, et…

— C'est bon, dit-il en levant une main pour l'arrêter. Je déteste les au revoir.

— Je ne les aime pas trop non plus. Bon, je vais débarrasser nos couverts, maintenant.

— Ne t'occupe pas de ça.

Comme elle empilait les assiettes, il insista avec fermeté.

— Je t'ai dit de tout laisser.

Ruby abandonna, le cœur affreusement lourd.

— Eh bien, Lucas, je te souhaite de très vite retrouver la vue.

— Merci.

Arrivée à la porte, la main sur la poignée, elle s'immobilisa espérant qu'il la rappelle, lui dise avoir fait une terrible erreur, qu'il l'aimait et ne voulait pas qu'elle parte.

Soudain, à l'idée de ne plus le revoir, elle sentit un sanglot lui forcer la gorge. Elle n'eut que te temps de le déguiser en éternuement.

— Excuse-moi, l'abondance de fleurs en bas a réveillé mon asthme.

— Ruby ?

Elle se tourna, heureuse qu'il ne puisse voir les larmes qui ruisselaient sur ses joues.

— Oui ?

Grâce à un gros effort, sa voix sortit posée, indifférente, comme si son cœur ne venait pas d'exploser en mille morceaux.

Elle vit alors la pomme d'Adam de Lucas s'élever et retomber tandis qu'il déglutissait.

— Merci de m'avoir aidé à traverser cette période difficile. J'ignore comment j'aurais fait sans toi, surtout avec ta grand-mère absente.

— Je t'en prie. J'ai passé de bons moments.

Une ébauche de sourire à peine perceptible étira les lèvres de Lucas.

— Prends soin de toi, d'accord ?

— Toi aussi.

Ruby attendit quelques secondes avant de sortir sans

un regard en arrière. La lourde porte se ferma derrière elle avec un bruit feutré qui la fit penser à celui d'un livre que l'on referme à la fin d'une histoire.

Mais cette histoire – la sienne – ne finissait pas bien.

Une fois seul, Lucas ôta les mains du dossier de son fauteuil et plia et déplia ses doigts ankylosés. Leur aventure – qui au demeurant n'aurait jamais dû avoir lieu – venait de prendre fin de manière très civilisée, sans rancœur, sans reproches. C'était donc parfait.

Curieusement, loin d'en être satisfait il avait le cœur serré. Une inexplicable déception lui broyait la poitrine, accompagnée d'une sourde amertume. C'était d'autant plus incompréhensible qu'il avait eu l'intention de rompre avec Ruby, comme avec ses maîtresses précédentes. Il ne leur laissait jamais le temps de le quitter. C'était lui qui partait.

Prendre les devants donnait l'avantage de contrôler la situation. De réduire la chance de souffrir. C'était une leçon apprise de ses parents. Fort de cette certitude, Lucas évitait toute occasion d'être blessé. Par conséquent, il refusait d'aimer. L'amour rendait vulnérable. Tomber amoureux aurait donné à sa partenaire du pouvoir sur lui. C'était là un risque à court-circuiter avant qu'il ne se manifeste. Il y avait toujours réussi. Et pourtant...

Entendre la porte se refermer sur Ruby lui avait fait l'effet d'un électrochoc. Dans la seconde, l'air avait déserté ses poumons, il était resté pétrifié, l'esprit vide, en proie à une injustifiable douleur. Peut-être parce qu'il avait eu l'intention de prolonger son aventure avec Ruby. De combien ? Il l'ignorait. La limite était aussi floue que sa vision.

Or c'était terminé. Dès le lendemain, elle quitterait Rothwell Park, et il ne la reverrait jamais.

Était-ce le fait qu'elle ait mis un terme à leur relation sans le moindre avertissement qui le rendait si amer ?

Lucas serra rageusement les poings, furieux de la désirer encore, d'avoir un tel besoin d'elle.

Il n'avait jamais eu besoin des autres et n'avait laissé personne l'approcher suffisamment pour prendre du pouvoir sur lui.

Il était toujours cet homme. Un homme qui ne tombait pas amoureux.

Avant de rejoindre la cuisine, Ruby donna libre cours à son chagrin dans l'intimité de sa chambre. Une fois une apparence acceptable retrouvée, elle reprit son travail, le cœur affreusement lourd.

La soirée terminée, et ses employées parties, elle s'apprêtait à s'éclipser en catimini afin d'éviter une discussion avec ses amies, mais c'était sans compter sur leur talent d'observation car Aerin la saisit par le bras.

— Ne pars pas si vite. Tu as vraiment une sale mine. Aurais-tu pleuré ?

— J'ai rompu avec Lucas.

Incapable de refréner ses larmes plus longtemps, elle se laissa tomber sur une chaise.

Harper s'assit aussitôt à côté d'elle.

— Ma pauvre chérie, c'est douloureux, j'imagine, mais c'est peut-être pour le mieux. Nous, les Cendrillon modernes, n'appartenons pas au monde des séducteurs nantis.

Aerin lui tendit un Kleenex.

— Je suis navrée. J'aimerais pouvoir te remonter le moral.

— Ça rira bientôt mieux. Je connaissais les risques en entamant une relation avec lui. Il m'avait avertie d'emblée que nous n'avions aucun avenir ensemble. Le problème, ce sont les sentiments. On ne s'en débarrasse pas d'un claquement de doigts.

Ruby se moucha avec force, comme si cela avait le pouvoir de les évacuer.

— En fait, je crois l'avoir toujours aimé. Quoi qu'il en soit, je partirai demain à la première heure. Je ne veux plus jamais revoir Lucas.

— Crois-tu une telle précipitation sage ? demanda Aerin. Il pourrait changer d'avis après une nuit de sommeil.

— Non, il ne changera pas. Il est décidé à passer le reste de sa vie sans s'engager. J'ai rompu notre relation en toute lucidité. La poursuivre n'aurait été que reculer pour mieux sauter. Plus j'aurais passé de temps avec lui, plus j'aurais été malheureuse le jour où il n'aurait plus voulu de moi.

Aerin lui passa un bras autour des épaules.

— Je suis désolée que tu aies perdu espoir, mais tu le connais mieux que quiconque, j'imagine.

— Je sais uniquement de lui ce qu'il m'autorise à savoir, rétorqua Ruby, amère. Il ne s'ouvre pas à moi. Lorsqu'il m'a parlé de ses parents, j'ai cru qu'il commençait. Hélas, ça n'a pas duré. Il refuse d'aimer. Quelle idiote d'avoir cru que cela pourrait changer avec moi.

— Tu lui as dit que tu l'aimais ? s'enquit Harper.

— Grand Dieu, non ! Je n'ose même pas imaginer sa réaction si je m'étais épanchée comme quand j'avais seize ans. Par chance, je me suis épargné une telle humiliation.

Harper hocha la tête.

— Au moins ta fierté est intacte.

Ruby sourit faiblement.

— J'ai autre chose à vous avouer.

Harper lui lança un regard horrifié :

— Tu n'es pas enceinte ?

C'était là la crainte suprême de son amie, car elle était le résultat d'une liaison de sa mère avec un homme marié et père de famille qui avait toujours refusé de la reconnaître. À l'âge de huit ans, après le suicide de sa mère, Harper s'était retrouvée placée en foyer d'accueil. Et pour ne rien arranger, malgré sa promesse de venir lui rendre visite, son père ne s'était plus jamais manifesté. À la différence de Ruby, son amie n'avait jamais eu la possibilité d'être recueillie par un parent, ni même par une famille d'accueil permanente.

— Bien sûr que non, Lucas a toujours pris ses précautions. C'est au sujet du nouveau propriétaire de Rothwell Park. Il a signé le contrat de vente ce matin. Tu ne devines pas qui est l'acheteur ?

Le sang se retira du visage de Harper.

— Jack Livingstone ?

— Oui, il veut transformer le château en hôtel boutique.

— Et bien, déclara son amie avec détermination, je peux dire avec certitude que jamais je ne viendrai y séjourner.

Ruby soupira, le cœur étreint de tristesse.

— Moi non plus.

Tiraillé entre l'envie d'aller demander à Ruby de rester et celle de la savoir partie au plus vite, Lucas ne ferma pratiquement pas l'œil de la nuit. Au petit matin, en entendant sa voiture quitter la propriété, il eut l'impression de revivre les séparations de ses parents, à une différence près, il n'avait pas à assister à la désolation de celui qui restait abandonné sur place.

Lui ne soumettrait jamais quelqu'un à un tel tourbillon d'émotions. Il ne supplierait jamais une partenaire de rester – comme sa mère l'avait fait avec son père. Ni ne jurerait un amour éternel – à l'instar de ce dernier, qui malgré cette promesse filait avec de jeunes maîtresses chaque fois que les humeurs de sa femme le fatiguaient.

Laisser partir Ruby avait été la meilleure attitude. Pour lui, comme pour elle. Il ne possédait pas les capacités émotionnelles nécessaires pour s'engager dans une relation de longue durée, n'avait pas l'étoffe d'un preux chevalier prêt à se remettre en question pour sa belle princesse. Donc promettre ce qu'il était dans l'incapacité de donner aurait été injuste. En la libérant, il lui avait donné une chance de trouver l'homme qui pourrait lui offrir l'amour et une famille.

Malgré ce raisonnement, Ruby allait énormément lui manquer. Il ne l'entendrait plus s'activer dans la cuisine, ne ferait plus de longues balades en sa compagnie, ne sourirait plus au son de son rire chaleureux, ne sentirait plus son délicat parfum fleuri, ni son corps pressé contre le sien, ne goûterait plus à ses lèvres, ne frémirait plus au contact de ses mains sur sa peau.

À cette évocation, une douleur lui étreignit la poitrine avec une telle force qu'il en eut le souffle coupé.

Faire l'amour avec Ruby avait été l'expérience la plus

merveilleuse et la plus excitante de sa vie. Une expérience qu'il n'oublierait jamais. Son souvenir était gravé dans sa mémoire comme dans son corps.

Lucas était heureux de bientôt quitter Rothwell Park. Y rester sans Ruby aurait été trop pénible. Elle donnait vie au château et dissipait la triste atmosphère qui depuis si longtemps imprégnait ses murs.

Toutefois, en attendant de partir, il allait devoir gérer ses émotions, son amère déception qu'elle ait mis fin à leur arrangement avant qu'il n'y ait été prêt.

Mais, au fait, pourquoi n'avait-il pas été prêt ?

11

Dès son retour à Londres, Ruby s'immergea dans le travail. Les commandes affluaient. Le mariage de Delphine Rainbird avait donné un considérable essor à leur agence. Elle passait des journées plus que remplies à établir des menus, discuter avec ses fournisseurs et organiser à la minute près le déroulement des événements, pourtant elle ne parvenait pas à écarter Lucas de ses pensées.

Aussi excitant que ce soit, planifier des mariages devenait une forme de torture. Voir sans arrêt des couples heureux lui rappelait que son propre rêve d'épouser l'amour de sa vie ne s'était pas réalisé. Elle aimait toujours éperdument Lucas, n'arrivait pas à tourner la page quand c'était le plus raisonnable à faire.

Au fil des jours, sa douleur ne fit qu'empirer. Un mois plus tard, elle se sentait plus seule que jamais. C'était comme si le destin lui avait offert le grand prix pour le lui reprendre car il ne lui appartenait pas.

Lucas ne lui appartenait pas. Il n'appartenait à personne. Il était une île, à l'image de la sienne en Grèce, et se rappeler les merveilleux souvenirs de leur séjour dans ce paradis revenait à entretenir une blessure. Cette plaie finirait-elle par cicatriser ? Pour cela, il fallait qu'elle cesse d'imaginer une fin différente.

Elle avait choisi de quitter Lucas parce qu'il refusait d'aimer. Ou alors, il refusait de l'aimer, elle, parce qu'elle n'en était pas digne. Harper avait raison. Elles n'étaient pas des Cendrillon destinées à entrer dans le monde des nantis. Celui de Lucas avait toujours été hors de sa portée. Elle y avait vécu par procuration, sans y appartenir.

L'amour était censé surmonter tous les obstacles, mais quel espoir avait-elle de conquérir un jour le cœur de Lucas ?

Aucun.

Penser à cela rappelait à Ruby sa quête désespérée de l'amour de sa mère. Hélas, comme Lucas, sa mère avait été incapable de l'aimer. Certaines personnes étaient si traumatisées qu'elles fermaient à jamais leur cœur aux émotions.

Conclusion réconfortante impliquant que ce n'était pas elle qui était indigne d'être aimée puisque sa grand-mère, ses amies et même ses clients l'aimaient...

L'arrivée de Harper dans son bureau, son matériel de photo en bandoulière, tira Ruby de ses réflexions.

— Qu'es-tu en train de faire ?

— Je me distrais avec le travail, répondit-elle en affichant un sourire. Tu connais la tactique.

Son amie grimaça et posa ses appareils au sol.

— En effet.

— Comment vas-tu ?

— J'ai un terrible mal de dos depuis ce matin. Trimbaler tout ce barda du matin au soir doit me bousiller la colonne vertébrale.

— Tu veux du paracétamol ? J'en ai dans mon sac.

Harper s'affala dans un fauteuil destiné aux clients.

— Non, merci. J'en ai déjà pris sans résultat.

— Pourquoi ne pas aller consulter un spécialiste ?

— Inutile, ça finira bien par passer. Je devrais peut-être perdre du poids et faire de la gym, histoire de retrouver la forme avant le shooting à Paris dans six semaines.

Harper avait été sélectionnée pour contribuer à un livre d'art présentant le travail de jeunes photographes émergents.

— Et en parlant de poids, reprit-elle, tu en as perdu pas mal récemment, et tu as les yeux cernés.

Ruby soupira.

— Je n'ai guère d'appétit en ce moment. En plus, je dors mal.

— Lucas te manque ?

— Tu n'imagines pas à quel point.

— Il t'a appelée ?

— Non.

— Tu dois tourner la page, ma chérie, ne pas te laisser abattre.

— Je sais, mais je n'arrive pas à m'empêcher de penser qu'il m'aime peut-être. Comme je l'ai fait pendant des années avec ma mère.

Harper leva les yeux au ciel.

— Nous sommes tellement pareilles…

Comme il ouvrait les yeux après une nouvelle nuit de sommeil agité, Lucas remarqua un changement. Les contours des meubles de sa chambre étaient presque nets.

Il s'assit, cilla face au brillant soleil qui inondait son appartement londonien, repoussa la couette puis marcha jusqu'à la fenêtre. Et là... surprise ! Même depuis la hauteur de son penthouse, il voyait les immeubles et les maisons – un peu flous certes, mais assez précis pour les reconnaître –, les arbres dans le parc et il pouvait même distinguer les voitures. Cependant, au lieu de l'emplir de joie, cette constatation le rendit mélancolique.

À quoi bon bénéficier d'une vue superbe si on n'avait personne avec qui la partager ?

Son cœur se serra. Il aurait peut-être dû aller sur son île au lieu de venir à Londres. Non, y retourner sans Ruby aurait été trop douloureux. Et y emmener quelqu'un d'autre était impensable.

Allait-il devoir vendre l'île ? Ce pourrait être la meilleure façon de tourner la page et de cesser d'être hanté par les souvenirs de leur aventure. L'aventure, en fait, la plus courte qu'il ait jamais eue.

Mais dans ce cas, pourquoi avait-il tant de mal à oublier Ruby ?

Parce qu'il n'avait pas voulu la laisser partir.

Cette révélation le frappa comme un éclair. Bien sûr qu'il n'avait pas voulu la voir partir ! Elle faisait partie de sa vie depuis des années. Voilà pourquoi la séparation était si douloureuse. Il n'acceptait pas l'idée de ne plus la revoir.

Il avait fermé son cœur à l'amour et aux émotions pour éviter de se retrouver dans la situation de ses parents. Malgré cela, il était incapable d'aller de l'avant parce qu'elle lui manquait. Ruby habitait ses rêves, et il s'éveillait seul dans son grand lit, le corps brûlant de désir pour elle. Il s'était focalisé sur son attirance physique pour ne pas avoir à s'avouer ses sentiments, dans le seul but de ne pas se sentir vulnérable.

Bien sûr, faire l'amour avec elle était merveilleux, mais leur lien émotionnel avait propulsé leur relation à un niveau supérieur. Voilà pourquoi il n'avait pas voulu la voir se terminer.

Il aimait Ruby corps et âme.

Mais l'aimait-elle ? Elle ne l'avait pas dit. Était-il stupide de penser qu'elle voudrait reprendre leur aventure ?

Lucas se passa les mains dans les cheveux. À quoi bon se torturer, il avait raté sa chance, autant en prendre son parti.

Sa journée s'écoula, morne comme les précédentes depuis leur séparation. Le peu de travail qu'il lui était possible d'effectuer ne l'aidait pas à se changer les idées. Le seul point positif était l'amélioration de sa vue, ce dont il était reconnaissant.

En milieu d'après-midi, il se prépara à aller retrouver son père pour un « café rapide » à Mayfair car Lionel était de passage en Angleterre pour affaires. Leurs rapports ayant toujours été superficiels, il n'attendait pas grand-chose de cette rencontre, mais, ne l'ayant pas vu depuis un an, il était heureux de cette occasion. Après tout, Lionel semblait s'être stabilisé dans la vie...

Lorsque le taxi le déposa devant le café, Lucas reconnut son père assis à une table devant la fenêtre, penché sur son téléphone. Probablement en train de lire ses nombreux messages, si occupé qu'il n'avait que le temps d'une pause pour voir son fils.

Lucas réalisa alors que tous deux se ressemblaient plus qu'il n'aimait l'admettre. Avant de perdre la vue, lui aussi travaillait du matin au soir, sans temps à consacrer à autre chose que de brèves liaisons.

Lionel releva la tête au moment où il arrivait devant sa table.

— Ça me fait plaisir de te voir, fiston. Assieds-toi. Je termine ce courrier à mon avocat au Brésil. Je suis à toi dans une minute.

Lucas prit place face à lui et commanda un cappuccino à la serveuse arrivée sur ses entrefaites.

— Ton avocat ? Des soucis ?

Lionel expédia son message, puis posa son téléphone, l'air penaud.

— Rosa me quitte.

— Que s'est-il passé ?

— J'ai fait un petit écart, un soir. Elle l'a appris.

— Tu es abonné aux divorces, dirait-on.

— Disons que je ne suis pas du style à me poser. Un peu comme toi, j'imagine, play-boy dans l'âme.

— Je ne suis pas d'accord, tu peux changer si tu en ressens le besoin. Aimes-tu Rosa ?

— Bien sûr.

— Le lui as-tu dit ?

— Des centaines de fois.

— Le lui as-tu montré ? Les actes sont plus explicites que les paroles, tu sais.

Lucas se demanda alors ce qui lui prenait de donner des conseils à son père. Loin d'être expert en relations, il avait gâché la plus importante en refusant de s'avouer qu'il aimait Ruby.

C'était comme si, en se dissipant, le brouillard qui avait obscurci sa vision pendant des mois avait aussi dévoilé ce que son cœur refusait de voir. Par chance, tout était clair à présent. Une lumière brillait en lui après des années d'obscurité.

Oui, il aimait Ruby.

Et ne lui avait-elle pas montré qu'elle l'aimait aussi ? Il avait si bien protégé son cœur qu'il n'avait pas reconnu ses propres sentiments. Alors, de là à reconnaître les siens…

Brusquement, les paroles de Ruby prononcées le premier soir sur l'île lui revinrent en mémoire. « Ce que nous craignons le plus est souvent ce que nous avons besoin d'accueillir afin de nous réaliser pleinement. » Lui avait craint l'amour, l'avait bloqué, saboté comme son père.

Mais c'était fini désormais.

Il ne le fuirait plus. Ruby méritait de vivre son conte de fées, et il deviendrait son prince charmant.

— Non mais, écoute-toi ! lança Lionel d'un ton moqueur. Comment es-tu devenu un tel expert en amour ? Ou, devrais-je dire, qui t'a transformé ainsi ?

— As-tu jamais vraiment aimé maman ?

Lionel Rothwell se recula dans son fauteuil comme s'il trouvait cette question insultante.

— Évidemment ! Je l'ai épousée trois fois.

— Tu as aussi divorcé trois fois.

— D'accord, mais c'est du passé.

— Je dirais plutôt une habitude puisque tu récidives en te séparant de Rosa. Pourquoi ne pas consulter un thérapeute, essayer de sauver votre relation au lieu d'agir comme tu l'as toujours fait en sautant sur le premier jupon venu au moindre problème ou en y mettant fin ? Ne te rends-tu pas compte que tu sabotes tes relations parce que tu as peur d'aimer pleinement ?

— Mais qu'est-ce qui te prend ?

Lucas se leva brusquement.

— Je suis désolé, je ne peux pas rester. J'ai quelqu'un à voir de toute urgence. J'espère que tout s'arrangera avec

Rosa, pour elle, pour toi et pour vos enfants. Salue-les de ma part.

— Tu te fiches de moi ? demanda Lionel visiblement stupéfait. Après tout le chemin que j'ai fait pour te voir !

Lucas fut sidéré. Son père était décidément immature. Il refusait sa part de responsabilité quand le problème venait essentiellement de lui.

— En m'accordant dix minutes de ta journée surchargée, histoire de te donner bonne conscience ? Je ne suis pas surpris que Rosa en ait assez de toi si tu en fais autant avec elle. Quand on aime quelqu'un, on lui consacre du temps, bon sang !

Lionel eut la grâce de prendre un air penaud.

— Je ne suis pas doué pour les relations… Tu devrais le savoir mieux que quiconque.

— En effet, mais je sais aussi que tu peux changer si tu le veux vraiment. Ne gâche pas cette occasion de mûrir.

Sur ce, il donna une petite tape affectueuse sur l'épaule de Lionel.

— Ça m'a fait plaisir de te voir, fiston.

— J'ai été heureux de te voir aussi, papa.

Et c'était vrai au sens propre du terme, en plus.

Assise à son bureau, Ruby finissait d'établir le menu de mariage d'un couple très particulier à ses yeux. Après avoir vécu ensemble un amour de jeunesse, chacun d'eux s'était marié de son côté. Veufs à la cinquantaine, ils s'étaient retrouvés et étaient retombés amoureux.

Leur histoire était très belle mais la rendait mélancolique. Elle espérait ne pas avoir à patienter jusqu'à un âge aussi mûr pour entendre une déclaration de l'amour de sa vie.

Toujours aucune nouvelle de Lucas. Avant leur aventure, cela était normal. Des mois, voire des années, s'écoulaient entre deux contacts. Après l'intensité de leur intimité sur l'île ainsi que leurs confidences mutuelles, elle s'était cependant attendue à ce qu'il tombe amoureux aussi profondément qu'elle. Hélas, ce n'était pas le cas.

Elle avait eu beau s'immerger dans le travail, sortir avec ses amies et s'épuiser en activités diverses, rien ne comblait le vide qu'elle sentait depuis leur séparation.

Ruby venait de sauvegarder son travail lorsque le carillon de sa porte d'entrée interrompit ses pensées. Bizarre, elle n'attendait personne. La veille, Harper et Aerin étaient venues regarder un film et manger une pizza faite maison. Harper continuait de se plaindre de son mal de dos, sans toutefois consulter. Mais ce qui inquiétait plus Ruby était de voir son amie bien moins enjouée que d'habitude. Une grande lassitude semblait l'habiter.

Un coup d'œil à travers le judas lui fit retenir son souffle. Lucas était là, un bouquet de roses écarlates à la main. En un éclair une multitude d'émotions la submergea. Enthousiasme, nervosité, confusion, espoir.

Elle finit par déverrouiller la porte.

— Toi ici ?

— Puis-je entrer ?

— Je t'en prie. C'est une surprise. Je ne m'attendais pas à te voir.

Lucas lui tendit les roses.

— Tiens, elles sont pour toi, dit-il d'une voix qu'elle trouva étrangement rauque.

Ruby approcha son nez des fleurs. Elles sentaient divinement bon. On pouvait faire confiance à un amoureux des jardins pour ne pas offrir des roses de serre, sans parfum.

Elle releva alors la tête.

— Tu ne portes plus tes lunettes de soleil.

Son sourire lui fit battre le cœur.

— Parce que ma vision s'est améliorée.

— Je suis vraiment heureuse pour toi.

Trop nerveuse pour chercher un vase, Ruby alla poser le bouquet sur la console. Était-il simplement venu lui dire qu'il avait retrouvé la vue ?

— Viens ici, Ruby, dit-il en lui tendant les mains.

Dès qu'elle eut mis les siennes dans ses paumes, il entrelaça ses doigts aux siens et les serra. Très fort, comme s'il voulait la garder à jamais. Elle ne lui avait jamais vu une expression aussi tendre. Voulait-il reprendre leur relation ? Comment le pourrait-elle quand elle ne souhaitait que vivre son conte de fées ?

— J'espère que tu pourras me pardonner d'avoir mis un mois à comprendre. Je t'aime, ma chérie. Je pense être tombé amoureux de toi dès notre premier baiser. J'ai honte de ne l'avoir pas réalisé avant, mais…

Sans le laisser terminer sa phrase, elle se jeta contre lui avec une telle force qu'il vacilla.

— Oh ! Lucas ! J'avais abandonné tout espoir que tu m'aimes !

Il lui souleva le menton pour croiser son regard.

— Ça veut dire que tu m'aimes ? Je l'espérais, mais tu ne l'avais pas dit le soir du mariage à Rothwell Park.

— Bien sûr, je t'aime, Lucas. J'ai pensé à te le dire, puis ma fierté m'en a empêchée.

Il lui prit le visage entre les mains avec une telle tendresse qu'elle sentit son cœur fondre.

— Tu as bien fait, j'avais besoin de souffrir. Je n'avais pas l'habitude de me sentir si démoralisé après une rupture. D'ordinaire, c'est moi qui mets un terme aux relations, aussi ai-je attribué mon malaise au dépit d'avoir été rejeté. J'ai seulement réalisé aujourd'hui que c'était parce que je t'aimais et que je voulais passer ma vie avec toi.

Ruby écarquilla les yeux.

— Est-ce une demande en mariage ?

Il lui adressa un timide sourire.

— Je crois bien, mais de toute évidence je me débrouille très mal.

Il mit alors un genou à terre, lui prit les mains et la regarda avec amour.

— Me feras-tu l'honneur de devenir ma femme, ma partenaire à vie et mon âme sœur ?

Ruby l'attira à elle.

— Oui ! Comment pourrais-je ne pas vouloir t'épouser ? Tu es le seul homme que j'aie jamais aimé. Je pense être amoureuse de toi depuis mon adolescence. Tu n'imagines pas à quel point je suis malheureuse depuis mon départ de Rothwell Park. Travailler dans l'industrie des mariages est le pire endroit où soigner un chagrin d'amour.

Lucas la serra contre lui.

— Ma pauvre chérie. J'étais en piteux état, moi aussi. Je ne pouvais ni dormir ni penser clairement. Je me sentais seul et tu me manquais affreusement, mais je croyais que c'était parce que j'étais vexé d'avoir été quitté. Comment ai-je pu ne pas comprendre plus tôt que je t'aimais ?

— Qu'est-ce qui t'a permis de le faire ?

— J'ai pris un café avec mon père et j'ai eu l'impression de me voir projeté dans le futur. Il ne consacrait jamais de temps à ma mère, pas plus qu'il n'en consacre à son épouse actuelle qui est sur le point de devenir son ex s'il ne tient pas compte de ce que je lui ai dit.

— Que lui as-tu dit ?

— Que les mots n'avaient aucune valeur si les actes ne les étayaient pas. Qu'il pouvait changer s'il le voulait vraiment. Et, en disant cela, j'ai réalisé que cela s'appliquait aussi à moi. Je risquais de devenir comme lui, un homme trop accaparé par son travail qui passe d'une relation à l'autre. M'immerger dans la conception de jardins était ma manière d'éviter ce dont je m'étais persuadé que je ne voulais pas. L'amour, l'engagement, une famille. Il a fallu que je perde la vue et arrête de travailler pour me permettre de faire le bilan de ma vie. Un bilan horrible. C'est pourquoi j'étais de si mauvaise humeur le jour où tu es entrée dans la bibliothèque pour me parler du mariage de Delphine. Je me sentais dépouillé de ma raison d'être, je me sentais nu.

Ruby lui caressa la joue, un sourire mutin aux lèvres.

— Tu me plais plutôt bien, nu.

Lucas lui retourna un sourire gourmand.

— Nous y viendrons plus tard. D'abord laisse-moi te dire combien c'est merveilleux de te voir. Tes traits ne sont pas encore très clairs, mais je vois les étincelles dans tes magnifiques yeux et les nouvelles taches de rousseur sur ton charmant petit nez.

Il prit alors ses lèvres en un baiser imprégné d'amour. D'un amour qu'elle savait durable, sur lequel elle pouvait compter quoi qu'il arrive.

— J'aurais dû demander l'autorisation de ta grand-mère

avant de venir te faire cette déclaration. À ton avis, que va-t-elle dire en apprenant notre mariage ?

— Elle risque d'avoir une attaque car je ne lui ai pas parlé de notre aventure tant je craignais un sermon.

— Mais elle sera heureuse que nous ayons tous deux trouvé l'amour de notre vie.

— Parce que je suis l'amour de ta vie ?

— Oui, tu es mon grand amour, et j'ignorais que je pouvais être aussi heureux. J'étais terrifié à l'idée de m'attacher à une femme et d'être quitté. Un traumatisme dû aux ruptures répétées de mes parents. Mais tu m'as fait ouvrir les yeux. Tu as apporté la lumière dans l'obscurité de mon cœur. Tu m'as changé, et je t'en remercierai éternellement. Te souviens-tu m'avoir dit que ce que nous craignons le plus est souvent ce que nous avons besoin d'accueillir afin de nous réaliser pleinement ? Eh bien, grâce à toi, j'ai compris que je devais cesser d'avoir peur d'aimer.

Ruby eut l'impression que son cœur aller éclater tant il était empli d'amour.

— Je t'aime éperdument, Lucas. J'ai hâte de devenir ta femme. Pourtant j'ai peine à croire que cela va arriver. C'est comme un miracle.

— J'ai dit un jour ne croire ni aux miracles ni à la magie, mais tu représentes les deux pour moi. Tu m'as appris à me sentir entier, à embrasser mes émotions au lieu de les enfouir.

— Mon Dieu, soupira Ruby. J'avais si peur de passer le reste de ma vie sans toi. J'ai essayé d'aller de l'avant mais je ne parvenais pas à imaginer l'avenir sans ta présence auprès de moi.

— Nous aurons un magnifique avenir parce que nous

avons tous deux appris du passé. Promettons-nous de toujours affronter ensemble les problèmes, de ne jamais abandonner l'autre.

— Je te le promets de tout mon cœur.

— Je t'aime et serai toujours là pour toi, murmura-t-il contre ses lèvres.

Et Lucas scella cette promesse avec un baiser qui ne laissa aucun doute à Ruby sur la profondeur de son engagement.

Vous avez aimé ce roman ?
Découvrez un nouveau roman de Melanie Milburne
dès le mois prochain dans votre collection Azur !